あかね色の風／ラブ・レター

あさのあつこ

幻冬舎文庫

あかね色の風／ラブ・レター

目次

あかね色の風

1　出会い

あっ、白い芙蓉《ふよう》のようだ。

千絵《ちえ》の笑顔《えがお》を初《はじ》めて見た時、そう思った。他人《たにん》が花に見えたことなんか一度もなかったから、遠子《とおこ》は、少しどぎまぎしてしまった。

六月の初め。梅雨《つゆ》のはしりの雨が降っていた。午後の七時に近く、遠子の家の玄関《げんかん》は薄暗かった。

チャイムが鳴って、ドアが開く。湿って重い空気が流れ込んできた。遠子は、水槽《すいそう》の金魚に餌《えさ》をやっていた。床《ゆか》に直《じか》に置《お》かれた水槽には六匹《ろっぴき》の金魚がいて、投げ込まれた餌に食らい付いていた。

「ごめんくださいよ。おじゃまします」

伊岡《いおか》はきもの店のたづばあさんだった。

「ああ、遠子ちゃん、ちょうどよかった」

ちょうどよかったと言いながら、たづばあさんは口ごもり、遠子の顔と水槽の金魚をちらちら見ている。

「わたしに用事ですか？」

「えっ？　ああ、そうなんじゃ。あの、これ、孫《まご》の千絵なんじゃけど、今度、うちのとこに引き取ることになってな。あんたと同じ六年生じゃけん、仲良《なかよ》うしてもらえたら思うて。ほれ、千絵、入らせてもらい」

玄関のガラス戸の向こうで、影が揺れた。

「こんにちは」

たづばあさんの孫、千絵と呼《よ》ばれた少女は頭をさげ、遠子と目が合ったとたん、にっこり微笑《ほほえ》んだ。愛想笑《あいそわら》いには見えなかった。色が白い。丸顔《まるがお》、ちょっと太めの身体《からだ》、耳の下までのショートボブ。薄暗い玄関で、千絵の笑顔はぼんやりとうきあがって、見えた。

あっ、白い芙蓉のようだ。

その時、思った。

「まあ、伊岡のおばあちゃん。どないしたん、今時分」

玄関の明かりがついた。母の新子《しんこ》だ。エプロンで手をふきながら、千絵の顔にすばやく目をやる。

千絵は笑顔をひっこめて、僅《わず》かに頭をさげた。

「北川《きたがわ》さん。これな、千絵いうて大阪《おおさか》に出とります息子《むすこ》の辰雄《たつお》、あれの娘《むすめ》なんですわあ。辰雄が身体悪《わる》うして入院したもんで、うちとこにくることになりましてなあ。この遠子ちゃんと、同い年なもんで、仲良うしてもらえたら思いまして、ご挨拶《あいさつ》にな」

「まあ、ご丁寧《ていねい》に。そう、辰雄さんの……おばあちゃんもたいへんじゃねえ。それで、いつから、学校に？」

「明日《あした》から、行かせてもらうつもりです。遠子ちゃん、ほんまによろしゅうな」

たづばあさんの目が、遠子に向けられる。少し潤《うる》んでいるようだ。

「もちろんやわ。奈津小学校《なつしょうがっこう》は、六年生は一クラスしかないんやから、どうでも同じ組になるんやし、仲良うするわ。なっ、遠子」

遠子は、黙って千絵から目を逸《そ》らした。水槽の中で、金魚がせわしなく泳ぎ回っている。水面を指で弾《はじ》いてから、立ち上がって、三人に背《せ》を向けた。

「遠子。なんとか言うたら」

母の声が、いらついている。

うんざりだと思った。仲良くしてと頼まれて、仲良くできるなら、そこらじゅう仲良しだらけになる。

奈津小の六年生は、二九人。たったそれだけの人数の中に、嫌いなタイプの子も、よくわからない子も、気の合わない子もいるのだ。

仲良しなんて、簡単になれるもんじゃないよ。

声に出して、そう言ってみようか。

二階に自分の部屋《へや》がある。階段《かいだん》の一番下の段に足をかけて、振り返ってみた。

「ごめんな。六年になってから、ますます生意気になって、このごろろくに、口もきかんのよ」

「ほんまに難しい年ごろになりますもんなあ」

新子とたづばあさんが話している。その後ろで千絵は、また、遠子に向けて微笑んだ。にっという感じで口が横に開く。

遠子は、あわてて前を向いた。階段を駆け上がる。七段目のところで、足が滑《すべ》りひざを打《う》った。

じんとしびれた右足を抱えるようにしてベッドに倒れ込む。ふうっと大きな息が出た。

あわてた自分が、ぶざまだと思った。思ったけど、なんだかおかしかった。

足を抱えたままじっとしていると雨の音が響《ひび》いてくる。その響きに混じって、玄関のドアが開く音が聞こえた。窓《まど》の側《そば》に行ってみる。

たづばあさんと千絵が帰って行くのが見えた。たづばあさんの黒い傘《かさ》の後ろを千絵のピンクの傘がついていっている。

あの子、こっちを見上げるんじゃないかな。

ふっと、そう感じた。けれど、ピンクの傘はまっすぐに門を出て、曲がり角に消えた。

遠子は首を伸ばして、もう少し遠くに目をやった。

ガラスと雨と薄い闇《やみ》を通して、山々がぼんやりと見える。この雨がやんだら、一気《いっき》にふくれあがるだろう山々だ。この時期、雨が降るたび、山々の樹は伸び上がる。葉を繁《しげ》らせる。

まるで、緑の泡を噴き出してでもいるかのように山々は盛り上がってくる。それにつれて、風は青い香りに染められていく。山は、盛り上がってくるのだ。

奈津郡奈津町字山門《あざやまと》。遠子の住む町の名前だ。西と北と東を山で囲《かこ》まれている。南《みなみ》側《がわ》に奈津川、遥《はる》か向こうに中国山地《ちゅうごくさんち》がある。どうということはない、山間《やまあい》の小さな町だった。ただ東の女滝山《めたきやま》には、樹齢《じゅれい》三百年といわれる桜《さくら》の大樹《たいじゅ》が二本ある。おかげで女滝山の春はみごとだ。中腹《ちゅうふく》に薄いピンクの雲がかかったように見えるのだ。

遠子が、小学校に入るころ、この桜と奈津川の美しさが評判《ひょうばん》になりだした。大手《おおて》の観光会社《かんこうがいしゃ》が、『桜色の旅へ』という、キャッチフレーズのポスターに女滝山の桜を使った。薄ピンクの布《ぬの》を身体にまいた女優《じょゆう》さんの後ろに、女滝の桜が立っている。それがまた、評判になった。近くに中国自動車道ができたのも関係《かんけい》して、京阪神《けいはんしん》から意外なほどの観光客《きゃく》がやってきた。春のさかり、観光客は、列を作って樹《き》の下を回り、花びらが散《ち》るごとにおぉと歓声《かんせい》をあげた。

遠子が二年の夏、西の白滝山《しらたきやま》にゴルフ場ができた。四年の秋には、町営《ちょうえい》のレジャープールとテニス場が完成《かんせい》した。そして、六年になったこの夏、大型《おおがた》のショッピングセンター『ドリーム1《ワン》』がオープンするのだそうだ。

街中が、にぎやかな音をたてて動いている。

十二歳の遠子にも、その音が聞こえるようだった。

「遠子。おりてきて、夕食のしたくぐらい手伝《てつだ》って」

新子の声がした。ほんの短い時間、眠《ねむ》っていたようだ。

(機嫌、悪いんだろうな)

思ったとおり、新子の機嫌は悪かった。

「まったく、あの態度《たいど》は、なによ。伊岡のおばあちゃんはな、こうしてお菓子《かし》までもって挨拶にこられたんじゃで。ほんまに、態度悪いのも程がある」

小さなクッキーの缶が、テーブルの上に置いてある。遠子は、チョコレートクッキーを一枚《いちまい》、口に入れた。

「遠子」

二枚目のクッキーをくわえたまま、顔をあげる。

新子が、何か呟《つぶや》いた。

「え？　なんか言った？」

「うん、あのな」

新子の口調《くちよう》が柔《やわ》らかくなる。

「さっきの千絵ちゃん。ほんとに仲良しになってあげられな。かわいそうな子なんじゃから」

「かわいそう？」

「そうよ。うわさなんじゃけど、辰雄さんはな、アルコール依存症《いぞんしよう》みたいになって、入院してるらしいわ。奥《おく》さんとも離婚《りこん》したらしいて。父親も母親もおらんて、どないに心細いか考えてみぃや。なっ、だから、仲良うしてあげてな。あっ、そうや、一度、夕食にでも呼んであげたらええわ。伊岡のおばあちゃん、子どもの喜《よろこ》ぶような料理《りようり》、よう作らんじゃろし」

新子は両手をあわせて、にっこり笑った。

遠子は口の中に残ったクッキーの欠片《かけら》を飲み下す。

千絵とは、あまり口をきくまいと思った。千絵と少しでも親《した》しくなれば、新子は、強引《ごういん》に家に呼んでもてなそうとするだろう。

ハンバーグに野菜《やさい》サラダ、唐揚《からあ》げ、サンドイッチ……小《こ》ぎれいな料理を並べて、「さあ、遠慮しないで食べてな」なんて言うだろう。

「自分の家のつもりでいてね」

「淋《さび》しかったらいつでも遊びにおいでな」

そんなことまで、言うかもしれない。

嫌だ。千絵に、同情《どうじょう》していると思われるのは、嫌だ。背筋《せすじ》に震《ふる》えがくるほど強くそう思った。

「なによ、難しい顔して。千絵ちゃんのこと気に入らないわけ？」

そうたずねてから、新子は急に、笑いだした。

「そういえば、あの子、なにもかもあんたとは、反対やね」

意味がよくわからない。遠子が、首をかしげると、新子は自分の頬《ほお》を軽くたたいた。

「見かけのこと。あんたは、のっぽで色黒で細いやないの。髪《かみ》の毛かて、長いしな。全然《ぜんぜん》、ちがうじゃない。そういえば、また、背が伸びたの」

母が眩《まぶ》しいものを見るように、目を細める。遠子は、小さく頷《うなず》いた。

この前の身体測定《しんたいそくてい》で、身長は、一五八・四センチあった。体重は、四〇キロそこそこだったから、かなり痩《や》せっぽちだ。手も足も長くて、日に焼《や》けていた。鼻筋《はなすじ》が通って、唇が薄い。

年より、だいぶ大人《おとな》びて見える。

千絵とは、まるで雰囲気《ふんいき》がちがうのだ。

白い芙蓉のような笑い顔なんて、絶対《ぜったい》できないな。

長く、骨張《ほねば》った指を握り締めてみた。

「それにな、遠子。千絵ちゃんは、お父《とう》さんともお母《かあ》さんとも離《はな》れて暮らさんといけんわけでしょう。あんたは、ちゃんと、家庭があって、家族が揃《そろ》ってるんじゃから」

遠子は、三枚目《さんまいめ》のクッキーをつまんだ。

「だから、うちが幸《しあわ》せで、あの子がかわいそうな不幸《ふこう》な子なんて、言わんといてな」

アーモンドクッキーを嚙《か》み砕く。耳の奥に、カリッと小気味好い音が響いた。

「また、そんな言い方して。なんで、そうかわいげがないの」

新子の声が、うわずってくる。

あぁ、またケンカになっちゃうな。

クッキーの欠片が、喉《のど》にひっかかる。息をするのが苦しかった。

「ただいま」

玄関のドアが大きな音をたてた。軽い足音。妹の奈々《なな》だった。

「あら、奈々お帰り」

「ママ、今日ね、ピアノの先生に誉《ほ》められた。すごく上手《じょうず》にひけたんで」

ピアノ教室のかばんをほうり出して、奈々は、母の身体にとびついた。頬が赤く、染まっている。

小学二年生にしては、小柄な奈々を新子は、軽々と抱きあげた。

「そう、よかったね、奈々。一生懸命《いっしょうけんめい》、練習《れんしゅう》したからやね。これからも、がんばろうな」

「うん、がんばる。がんばる」

奈々は、よく響く楽しげな笑い声をあげた。

「おいおい、ピアノで誉められたぐらいで、えらい騒ぎやな」

「あら、パパもお帰りだったの」

「奈津橋《ばし》のとこで、いっしょになったんだが、奈々が、ママに報告《ほうこく》するまで入ってくるなて言うもんじゃからな。やれやれ、奈々のピアノ騒動《そうどう》もたいへんじゃな」

父の伸彦《のぶひこ》は、病院のレントゲン技師《ぎし》だった。三〇キロほど離れたF《エフ》市の市立病院に勤《つと》めている。

「だって、すごく難しいとこで。先生がよろしいて言うたの、うちと真由《まゆ》ちゃんだけだったんで」

奈々が口を尖《とが》らせる。新子が笑いながら頷いた。

「二人だけだったの。すごいやないの、奈々」

「わかった、わかった。すごいよ。おっ、遠子、うまそうなクッキーやないか。一つくれよ。腹《はら》がへってしもうて」

「パパ、おぎょうぎ悪い」

奈々が、めっと大きな声を出した。新子が吹き出す。

伸彦はクッキーを口に入れたまま、上着を脱いだ。

微《かす》かに、消毒薬《しょうどくやく》の臭《にお》いがする。

母に、なんと言われても、千絵をこの家に呼んだりすまい。

クッキーの缶にふたをして、上から押《お》さえる。遠子はうつむいたまま、両手に力をこめた。

2　千絵

千絵は、ものすごく歌がうまかった。五時間目の音楽の授業《じゅぎょう》でわかった。

「あら、えっと、伊岡さんだったよね。ちょっと前に出て、今のとこ歌ってごらんよ。高音部のほうな」

音楽専科《おんがくせんか》の山田《やまだ》先生が、ピアノをひく。エーデルワイス。

♪エーデルワイス　エーデルワイス　かわいいはなよ
　しろいつゆに　ぬれてさく　はな

澄《す》んだ声だ。耳から身体の中に滑り込んで、心地《ここち》好く響いてくる声だった。

授業の後、教室で、千絵は数人の女子に囲まれた。

「すごいわ、伊岡さん。大阪で合唱団《がっしょうだん》にでも入ってたん？」

「ううん。ただ歌うのが、好《す》きなだけや。ほんとは、ものまねが得意《とくい》なんやけど」

「ほんまに？　やってみて」

千絵は、アイドル歌手のヒット曲《きょく》を口ずさんだ。よく、似ている。周りに集まっていた女子たちから、歓声があがった。

遠子は自分の席《せき》に座っていた。千絵たちとは少し、離れている。女子の輪《わ》の中で、千絵は臆《おく》する様子もなくしゃべっていた。

（友だち作るの、うまいんだ）

なんとなく、ほっとする。

千絵が、いつまでもひとりぼっちだったらどうしようと思っていた。

「なあ、知ってる？　あの子のお父さんて、アルコール依存症なんじゃてな。昔《むかし》は、評判の秀才《しゅうさい》だったのにて、うちのお父ちゃんが言うとったで」

クラス委員《いいん》の平田《ひらた》愛子《あいこ》が、給食《きゅうしょく》の時、ヒソヒソ声で話しかけてきたりしたから、よけい気になっていた。

その愛子も輪の中にいる。

笑いあって、しゃべりあって、途中《とちゅう》までいっしょに帰って……もう少し親しくなれば、かわいい便《びん》せんで手紙のやりとりをして、電話でおしゃべりして……そんなことをうまくやっていける子なのかもしれない。それぞれ、行く場所は、わかってるな」

「次は、クラブ活動の時間だぞ。それぞれ、行く場所は、わかってるな」

担任《たんにん》の長内《おさない》先生が、黒板の前で大声を出している。

奈津小学校では、四年になると全員、週一回のクラブ活動に参加《さんか》しなければならない。

遠子は立ち上がった。行き先は、三階の資料室《しりょうしつ》。郷土研究部《きょうどけんきゅうぶ》だった。

山門は地形《ちけい》の関係でわりに昔から、開けた場所だったらしい。小さな山城《やまじろ》とか、ふるいお寺があちこちにある。そんな所を見て回ったり、資料を調べたりするクラブだった。地味《じみ》だから、あんまり人気がない。六年の女子は、遠子一人だ。

時間が早すぎたのか、資料室には、まだ誰《だれ》も来ていなかった。窓側《まどがわ》に寄って、外を見る。三階の高さからは、運動場がよく見えた。ソフト部と陸上部《りくじょうぶ》が練習をしている。

校庭のポプラ並木《なみき》の下で陸上部の女子たちが、柔軟体操《じゅうなんたいそう》を始めていた。平田愛子の長身も交じっている。遠目にもしなやかな動きがわかる。五年まで、遠子もあの中にいた。

走るのが好きだった。特《とく》に、長距離《ちょうきょより》は好きだった。走り始める。苦しくなる。それでも、まだ走り続《つづ》ける。すると、いつのまにか、周りが変わってくる。人の声も、姿《すがた》も、並木も、車も、家も、なにもかもが遠ざかり、自分だけが残《のこ》る。自分の心臓《しんぞう》の音、自分の汗《あせ》、自分の呼吸《こきゅう》。自分だけしかいない場所をひたすら前に走るのだ。いつか、フルマラソンに出てみたかった。

朝、六時に起きて、奈津川の土手を走るのを日課《にっか》にしていた。練習というより、早朝のぴんとはった空気の中を走るのが楽しかった。好きだった。

顧問《こもん》の緒方《おがた》先生は、体育大学出身の若《わか》い先生だった。

緒方先生が顧問になってから、練習がきつくなった。週に三日、放課後の自主練習が加《くわ》わったのだ。一五人ほどの部員を長距離、短距離に分け、それぞれのグループで練習させる。

柔軟体操、ランニング、時には、バーベルなどを使った筋力《きんりょく》トレーニングにちかいことまでした。

音《ね》をあげた部員が何人も出た。

「たかが小学校のクラブ活動じゃないですか。もっと適当《てきとう》にしといてもらわんと、子どもがしんどいのとちがいます」

親からの苦情《くじょう》も出たらしい。

緒方先生は、練習方法《ほうほう》を変《か》えなかった。

「クラブを選《えら》ぶのは自由だから、やめたい者はやめていい。けどな、スポーツは遊び半分では絶対に勝てれんのんだ。そんなあまいもんじゃない。地区大会《ちくたいかい》のたびに大きな学校で選ばれて、みっちり練習してきた選手《せんしゅ》に負けて、負け続けて、悔しくないか。勝ちたいと思わんか」

練習の後《あと》、部員を座らせて、真剣な顔でそう言った。

「先生の言うとおりだと思います」

平田愛子が立ち上がった。

「去年の大会で、わたし、リレーの選手になって、そしたらF市の小学校の六年生が『山門は、六年生だけでは、リレーのチームが組めんの』なんて笑われて、悔しくて……。けどやっぱり六年にはかなわなくて、ぬかれてしもうて、どんどん悔しくなって、勝ちたい、勝ちたいと思うて……」

うつむいて愛子は、涙《なみだ》をぬぐった。

緒方先生が頷く。

「わかった、泣《な》かんでもええ。平田の気持ちは、みんなの気持ちだと思う。今度の大会に勝つために、がんばろう」

緒方先生の目が一瞬《いっしゅん》、自分を見たような気がした。遠子は身動きしなかった。

去年の大会では、一〇〇メートルを走った。五位《ごい》だった。それを負けたとも悔しいとも感じていない。

走ればいいのだ。走り続けられたら、それはとても気持ちのいいことなのだ。

運動場の硬い土の上に座って、遠子は、先生の遥か上に広がる空を見ていた。

五年の一一月になってすぐ、緒方先生に呼ばれた。

「北川、今度の地区大会のことだがな」

前に立つと、薄青のトレーナーの胸《むね》が広い。被《かぶ》さってくるような大きさだ。

「おまえ、一〇〇メートルやめて、ハードルに変われ」

「ええ、嫌です」

後ずさろうとする足を止め、ふんばり、先生を見上げた。

「うん」

緒方先生の首が少し揺れる。先生は、遠子から視線《しせん》を逸らさなかった。

「北川が一生懸命、走り込んでたのは、知ってる。けどな、記録《きろく》がちょっと伸び悩んでるだろ。ここは思いきってハードルに切り替えたほうがいいんだ。いや前から北川をどう使うか悩んでいたんじゃ。はっきり言って、おまえの一〇〇の記録、これ以上《じょうい》あんまり伸びないような気がしてな。北川は、足長いし、瞬発力《しゅんぱつりょく》がある。ハードル向きやと思う。ちょうどハードルに出場する選手がおらんし、ええチャンスだろ。長距離ばっかしじゃのうて、自分の可能性《かのうせい》にチャレンジしてみいや。大会まで時間ないしな。競技種目《きょうぎしゅもく》を変えるんなら、今がぎりぎりなんだがな」

薄青のトレーナーが、一歩近づく。

緒方先生の笑顔が近づく。

遠子は、つばを飲み込んだ。

「うち、嫌です」

緒方先生の口元が引き締まる。

「北川、この記録表見てみぃ。先々月から、全然、記録が伸びてない。むしろ落ちてる。いや、そんな時期もあるんだが、ちょっと不調《ふちょう》が長すぎる。このままでは、一番不調なまま記録会と、ぶつかってしまうぞ。それならいっそ、ハードルに変わったほうが、おまえの瞬発力を生かせるぞ。なっ、先生には、わかっとるんだ」

先生には、わかってる。ほんとうに、わかっている。西日を背にうけて、先生は、大きな彫像《ちょうぞう》のように見えた。遠子は、黙って頷いた。

その日から、雨が降らないかぎり、毎日ハードルと向かいあった。

ハードルでは、周りの景色《けしき》は消えない。自分だけの息や汗を感じることは、できなかった。

「ええな、ハードルをまたぎこすリズムをつかむんじゃ。それと、高く跳び上がるな。振り上げた足をまっすぐ伸ばして、ぎりぎり上を跳ぶ」

緒方先生の指示《しじ》を身体で覚えるのに必死《ひっし》だった。

必死になった分、記録は、どんどん上向いていった。

「うん、また、縮《ちぢ》まった。調子ええぞ」

ストップウォッチを見せて、緒方先生が笑う。

「なっ、先生の言うたとおりだろ。北川は、ハードルに向いとるんじゃ」

「はい」

返事してから、遠子も笑おうとした。笑えない。まだ、ハードルが怖《こわ》かった。

「なんか、ハードルって意地悪みたいに感じる」

練習の後、暗くなった運動場で愛子に言ってみた。

愛子は、声をたてて笑った。

「トコちゃん、おもしろいこと言うな。それって、苦手《にがて》意識《いしき》てやつじゃろ。いっぱい練習したらだいじょうぶじゃ。側で見とったらフォームなんか、すごいきれいじゃで」

「練習か」

「そうそう努力《どりょく》、努力。うちもリレーのアンカーになったし、一〇〇も走るし、がんばるつもり」

遠子は、お正月も練習を休まなかった。

元旦《がんたん》、初詣《はつもうで》がすむとすぐ、校庭にやってきた。用具室にカギがかかっていたので、ハードルは出せなかった。走り込みと柔軟体操を一時間ほど、一人でこなした。

二日目。学校へきてみるとハードルが並んでいた。緒方先生が、やあと手をあげた。

そばに愛子もいてV《ブイ》サインを出している。

「いやあ、今朝《けさ》、ぐうぜん北川のお母さんに出会ってな、昼から練習に行くと聞いたもんだから。北川がこんなに熱心《ねっしん》に練習してるのに顧問のワタクシメがぼけっと正月しとるわけにはいかんじゃろ」

「トコちゃん、練習するんだったら、うちも呼んでよね。先生に教えてもらわんかったら、こっちこそぼけっとしてお正月、すごすとこだったが」

「あほやな、平田は。おれに教えてもらわんでも、北川みたいに自主的に練習しようと思いついたらよかったんだぞ」

「先生、かわいい生徒《せいと》をつかまえて、あほとはなんですか」

愛子がこぶしを握って、振り上げる。

「わわっ、怖いな。よし、そのまま手を振って、準備《じゅんび》体操だ。その後、ランニング。始め」

運動場を駆け足で回りながら、愛子が耳元《みみもと》で囁《ささや》いた。

「ねえトコちゃん、緒方ってわりにいいとこあるよね」

「えっ、いいとこって?」

「だって、お正月じゃで。こんな時まで練習に付き合ってくれるんじゃから、いいとこあるが」

あっ、そうかと思った。

休みを返上してまで、付き合ってくれる先生なんて、そういるもんじゃない。

確《たし》かにそうだ。

なのに、少し息苦しかった。

準備体操、ランニング、ハードル練習、ストレッチ。

今日は、緒方先生の言うままに練習をこなしていかなければならない。

真冬《まふゆ》にしては、暖かな光の中で、白と黒に色分けされたハードルは妙によそよそしく、気取った大人のように見えた。

三学期に入ってからも、遠子の記録は少しずつ縮まっていった。

「ええぞ、北川。もう少しで去年の大会記録に並ぶぞ。大会まで日がないからな、ダッシュ、ダッシュ」

ダッシュ、ダッシュと緒方先生の声が背中《せなか》を押す。こんなのじゃないと思う。記録、成績《せいせき》、何分何秒。数字に追いたてられて、苦しくて……。走るのって、こんなのじゃないと思う。

大会が終われば、すぐにハードルをやめるつもりだった。ハードルをやめて、なんにも縛られずに、自分のために走りたい。大会が待ちどおしかった。

ところが、記録会の種目から突然ハードルが除《のぞ》かれてしまった。

「先週、隣町で事故《じこ》があったやろ。ハードルに足ひっかけて、転んだ中学生が、大けがしたやつ。もし、小学生の大会で、続けて事故があったら困《こま》るってことになったらしい。しょうがない、北川は、また一〇〇にもどれ。まったく、あれだけ練習したのに、残念《ざんねん》やったな」

早口に説明《せつめい》する緒方先生の前で、遠子は棒《ぼう》のように立っていた。

しょうがない。残念やった。先生、そんな言葉《ことば》ですんでしまうんですか。そんなん許《ゆる》されるんですか。

握ったこぶしの内側《うちがわ》で汗が滲《にじ》む。そのこぶしで殴りつけたかった。先生の心臓のあたりを思いっきり殴ったら、どんな音がするだろう。下唇を強く噛む。口の中に、血《ち》の臭いが広がった。

「先生、ずるい」

愛子の声がした。いつのまにか、白いハチマキをしめた愛子が立っていた。

「先生、トコちゃん、あんなに練習しよったのに、かわいそうじゃが」

「そう責《せ》めてくれるな。先生じゃてつらいんじゃ。けどな、競技種目を決めるのは、ぼくらじゃないからな、どうにもならんのじゃ。理由が理由だけに、どうしてもハードルをしてくれとは言えんしな。北川、ほんまに悪かったな。おい、平田、そんな怖い顔するなや。まるで節分《せつぶん》の鬼《おに》みたいになっとるぞ」

「もう、失礼《しつれい》な。なぁ、トコちゃん」

遠子は、相槌《あいづち》を打つことができなかった。

「北川も、そんなにふてくされるな。やれるとこまで一〇〇メートルでやってみよう。なっ」

遠子は顔をあげ、瞬《まばた》きした。

ふてくされてなんかいなかった。そんなんじゃなかった。拗《す》ねてふてくされた後、〝しょうがない、残念やった〟と諦《あきら》めてしまえるようなことじゃない。

遠子は、ハードルにちゃんとけりをつけたかった。勝てなくてもよかった。ただ、今までやってきたことをこんな形で無駄にされたくない。

「先生、うち、絶対嫌です」

そう言おうとした。こぶしを強く握り締め、遠子が口を開けるより前に、緒方先生は胸をそらして「ともかく、この話はここまでにしよう」と言った。

「なっ、なにをやったって無駄なことは、ないんだ。今までの練習は、一〇〇〇でも役に立つんだぞ。さっ練習、練習。二人ともそんなぶすっとしとったら、嫁《よめ》に行けなくなるぞ」

先生は遠子の顔を見ない。愛子の背中に手をあてて、軽く前に押し出しただけだった。

「べーだ、先生なんか知らんよ」

愛子が、くくっと笑う。遠子は、こぶしを開いてみた。手のひらに、爪《つめ》のあとが三つ、細い三日月の形で残っていた。

遠子は一〇〇〇を走った。

スタート直後から身体が重かった。息が、リズミカルに出てこない。心臓に空気の塊がある。そう感じるほど息苦しい。側をすりぬけていくランナーの息づかいや足音がやけに大きく聞こえた。ゴール直前でも、ぬかれそうになった。足先に、残った力を全部こめて、ダッシュした。これ以上、誰にも負けたくなかった。

パシッ。頭の後ろで、音がした。右足から頭まで電気がはしる。足首が、爆発《ばくはつ》した。

そう思いながら、遠子は、ゴールの白線の上に倒れ込んだ。

九位《きゅうい》。一二人走っての結果《けっか》だった。

アキレス腱《けん》が切れていた。病院に運ばれ、ギプスをつけられた。そして、夜、四〇度ちかい熱《ねつ》が出た。汗がじんわりと身体を包む。堪《た》え難い程の不快感に包まれる。

負けたんだ。

呟くと、吐《は》き気《け》がこみあげてきた。

なんでハードルをすすめられた時、もっと一〇〇にこだわらなかったのだろう。

なんでハードルがなくなった時、言われるがままに、一〇〇を走ってしまったのだろう。

惨《みじ》めだった。涙がでた。熱で乾いた頰にひりひりと染みた。悔しいとも、悲しいとも感じなかった。ただ、惨めだった。他人の言うとおりにしか動けなかった自分自身《じぶんじしん》が惨めでたまらない。

遠子は呻《うめ》いた。

「どうしたの？　痛い？」

付き添っていた新子が、額の汗をふいてくれる。

「看護婦《かんごふ》さん、呼ぼうか？」

頭を横に振る。母の声が耳元で囁いた。

「我慢せんでええのよ。痛かったら、痛いって言いなさい。泣いたかて、かまわんのよ」

泣くもんか。自分でなんにも決められなくて、アキレス腱切って、病院のベッドで動けなくて……。こんな惨めな思いのまま、泣いたりするもんか。

遠子は両方のこぶしで強く目を押さえた。なのに、涙は思わぬ力で盛り上がり、こぼれていく。ひりひりと染みる涙で頬が融《と》けていくような気がする。

奥歯《おくば》を噛み締めて、こぶしに力をこめた。

そしてギプスが取れ、遠子が六年になった時、緒方先生はF市の中学校に転勤《てんきん》していった。

『思ったより早く、足がなおってほんとうによかった。先生も安心しました。六年になっても、陸上を続けてください。北川は、運動神経《うんどうしんけい》がいいから、長距離でも短距離でもいけると思う。走り幅跳《はばと》びなんかにも、挑戦《ちょうせん》してみたらいいかもしれない。

先生も、中学にきて、本格的《ほんかくてき》に運動部の指導《しどう》ができるので、はりきっています。

北川もがんばれ。おうえんしているぞ。

緒方勇介《ゆうすけ》』

太いボールペン文字のハガキが、四月の終わりに届《とど》いた。

「あんたのこと心配してくれたんやな。ええ先生やないの」

新子がええ先生やでと繰り返す。

遠子はハガキを二つに裂《さ》いた。

「遠子！」

新子が叫ぶ。

「なんでそんなことするの。あんたって子は、なんで」

新子の目から、不意に涙が落ちた。

「もうやめてよ。アキレス腱切ったのは、先生のせいじゃないじゃろ。たかが、地区大会じゃないの。それをいつまでも、ふてくされて……なんで、もうちょっと人の優《やさ》しさがわからんの」

ふてくされてなんかいない。

遠子は母の顔を見つめた。母が緒方先生と同じ言葉を使ったのが、不思議《ふしぎ》だった。

ふてくされてなんかいない。絶対、そうじゃない。

「北川もがんばれ、おうえんしているぞ」

形の整《ととの》った大きな文字が目に染みたのだ。それは、病院の諸々の匂いや感触を思い出させた。ごわごわのシーツ、点てき液《えき》の黄色、細い注射針《ちゅうしゃばり》。頰を伝った涙と惨めさ。

先生、何をがんばればいいのですか。がんばったら、もう、あんな惨めな思いをしなくてすむのですか。たずねてみたかった。たずねて答えがほしかった。

手の中の、答えのないハガキが優しいものだなんてどうしても思えないから、母と同じように笑えなかった。ふてくされてたんじゃない。

新子が涙をふいて、ため息を吐いた。

「お母さん、時どき、あんたが怖くなることあるわ。貸しなさい。ハガキ、テープで張《は》りつけたげる」

「いいよ」

「じゃ、自分でしなさい。なっ、遠子、もう少し、思いやりのある優しい女の子に……」

母に背を向けて、部屋に帰る。

そうだ、足のことなんか、どうでもいい。大会も、ずいぶん昔のことのような気がする。何もかも、もうどうでもいいのだ。

北川もがんばれ。と書かれたハガキだけが、許せなかった。母の渡してくれたセロテープを机《つくえ》の上に転がす。ベッドにこしかけて、遠子はハガキを小さなたくさんの紙くずになるまで破いた。

郷土研究部の顧問は教頭先生だった。

白いあごひげをはやし、丸い眼鏡をかけ、痩せていた。マンガに出てくる人の良いおじいさんみたいだ。

その教頭先生の後から、千絵が教室に入ってきた。

「えぇと、新しい仲間《なかま》を紹介《しょうかい》します。伊岡千絵さん。六年に転校してきて、今日からこのクラブに入ることになりました」

見かけによらず若々しい張りのある声で、教頭先生が、千絵を紹介した。

千絵がこのクラブにくるとは、意外だった。

合唱部に入るのだろうと思い込んでいた。

大阪から転校してきたばかりの千絵が、山間の小さな町の歴史《れきし》に興味《きょうみ》があるとは、考えられない。

もしかして、うちがいるから……。

ふっと、そう思った。

「じゃ、来週から、女滝山の山城跡《あと》を調べに行く。あぁ、伊岡さん、好きなとこに座ってええよ」

「席、決まってないんですか？」

「自由、自由。よりどりみどりの大安売りじゃ」

おもしろくもない冗談《じょうだん》を言って教頭先生一人が笑う。

隣に、くるかもしれない。

遠子は、右隣の空き机に目をやった。

けれど、千絵は迷《まよ》うふうもなく一番前の席に座った。配《くば》られた資料を熱心に読んでいる。読んでいるだけでなく、質問《しつもん》までした。

「先生、資料の二枚目に、女滝山には、天狗の伝説《でんせつ》が数多く残っているて、書いてはりますけど、なんでこの山だけに伝説があるんですか」

丸い眼鏡の奥で、教頭先生の目が瞬いた。

「そりゃ、あそこは、古い山やからな、いろいろと謂《いわ》れがあってな」

「そうかて、天狗伝説は女滝山ていう山だけに限られてるんでしょう。なんか、理由があるんやないですか」

「うーん、言われてみればそうやな。ちょっと勉強不足《べんきょうぶそく》ですまんな」

教頭先生が素直《すなお》にあやまる。それから、にこっと笑って付け加えた。

「伊岡さんは、熱心じゃな。うん、ええことじゃ」

嬉《うれ》しそうな顔だった。だいたい、本気で郷土の歴史が知りたくてこのクラブに入る者は、稀《まれ》なのだ。郊外《こうがい》へぶらりと出かけられるのがいいとか、得意なものがないからとか、消極的《しょうきょくてき》な理由の者がほとんどだった。

遠子にしても、走ることとまったく関係ないクラブを選んだだけだった。女滝山にどんな伝説があってもかまわない。

（おもしろい子じゃな）

ふわっと丸い千絵の肩《かた》のあたりを、遠子はずっと見つめていた。

3　夏休み

千絵と一言《ひとこと》もしゃべらないまま、夏休みがきた。

あたりまえのことだけど、暑かった。

「ママ、もうすぐ『ドリーム1』がオープンするね」

「ほんと、すごいな。地下一階、地上三階か。ブティックにくつ屋にレストランに食《しょく》料品《りょうひん》売り場。ちょっとした小型《こがた》デパートじゃなあ」

「おもちゃ売り場もあるんじゃて。うち、人形のドレスがほしいな」

「はいはい、誕生日《たんじょうび》にな。それにしても、山門も都会になるなあ」

奈々と新子が広告《こうこく》の紙を間に、しゃべっている。

赤、青、紫《むらさき》、金、銀。さまざまな色が、あふれ出そうな派手な広告だった。

金髪《きんぱつ》の女の人が、赤いリボンの女の子が、野球帽《やきゅうぼう》の男の子が、眉毛《まゆげ》の太いおじさんが、広告の真ん中《ま》で笑っている。

『笑顔、応援します。ドリーム1。オープンまであと三日』

「あと三日、あと三日」

奈々が、変な節《ふし》をつけて歌う。

「記録会まで、あと一週間だぞ。がんばれ」

あと一週間、あと一週間。

緒方先生の声が、頭の中に響いた。

そして、五日前になって、ハードルは競技種目から除かれたのだ。

「あっ、おねえちゃん、どこ行くの」

急に立ち上がって、ムギワラ帽子をかぶった遠子に奈々が駆け寄る。

「ロッキーの散歩。ちょっと早いけど、行ってくる」

「あっ、奈々も行く」

くつをはこうとしゃがみ込んだ背中に、奈々がとびついてきた。ちょっと赤毛の柔らかな髪が、首筋《くびすじ》にふれる。背中にかかる重さが心地好い。

連れていってもよかったが、散歩の間中、おしゃべりされるのもうっとうしかった。

「だめ。暑いから、家におりぃ」

振り向いて、奈々のほっぺにさわる。優しく言ったつもりだったのに、奈々は半べソの顔になった。

「ママ、おねえちゃん、連れていってくれんのよ」

「まあまあ、意地悪なおねえちゃんじゃね」

新子と奈々の声に、ロッキーの吼《ほ》え声がかぶさる。

雑種《ざっしゅ》だった。二年前、遠子が拾ってきた犬だ。川土手の萩《はぎ》の茂《しげ》みの中に捨《す》てられていた。

洋犬の血が入っていたらしい。痩せてよたよたしていた子犬は、みるまに大きくなり、今は、体長一メートルを超える。灰色《はいいろ》のふさふさした毛と、長い尻尾と茶色の丸い目をもっていた。

アキレス腱を切るまで、毎朝、川土手をいっしょに走っていた。

クサリを離しても、すぐ後ろをぴったりついてくる。今でも、朝六時になると、誘うようにクゥーン、クゥーンと鳴くけれど、遠子は夕方の散歩にしか、行かなかった。

いつもは、川土手をぶらぶら歩くのだが、今日は女滝山に行ってみようかと思った。

川面《かわも》は夏の光を弾いてぎらつき、いかにも暑そうだったのだ。女滝山なら、木々が繁り陽光を遮《さえぎ》り、涼しいはずだ。

中腹あたりに、山城の跡がある。戦国時代《せんごくじだい》の終わり、山門一帯《いったい》を治めていた、高槻《たかつき》氏《し》とかいう一族の城だったそうだ。この前、教頭先生から教えてもらった。

「結局《けっきょく》、高槻氏は、毛利氏《もうりし》によって滅ぼされるんじゃが、この城に、桜姫《さくらひめ》という美しいお姫さまがおってな。城が火に包まれてしまう直前に、殿様《とのさま》が『女滝の天狗よ、せめて、姫の命を救《すく》うてくれ』と祈《いの》ったら、大天狗が現《あらわ》れて、姫を抱えて空に昇ったちゅう話がある。女滝山に、みごとな桜が咲きだしたのは、それからだということじゃな」

民話《みんわ》を集めるのが趣味《しゅみ》だという教頭先生は、身振《みぶ》り手振りで女滝にまつわる伝説とやらを話してくれた。

「ロッキー、ちょっと遠いけど、行ってみようか。天狗が出てくるかもよ」

遠子が言うと、ロッキーは、ふさふさした尻尾《しっぽ》を勢いよく振った。

思ったとおり、山の中は涼しい。木々の枝は重なり合い、葉をびっしりと繁らせて緑のアーケードをつくっている。

油蟬《あぶらぜみ》のにぎやかな声に混じって、蜩《ひぐらし》が、もう鳴いていた。

桜の季節《きせつ》には観光客が押しかけ、列をつくって登る山道も、今は、誰もいない。蟬の声だけが、響いている。

遠子はロッキーのクサリをはずして、山道を歩いた。しばらく登っただけなのに、胸がどきどきしてくる。足首の後ろがつっぱるようだ。

（やだな。夏休みの間に、身体がなまっちゃったみたいじゃ）

遠子は、自分がひどく年を取ったような気がした。

無理《むり》して足を速《はや》めようとした時、草叢《くさむら》の匂いを嗅《か》いでいたロッキーが、突然顔をあげた。短い耳がピンと立ち、目がまっすぐ前を見ている。誰かが、くる。遠子は、あわてて、ロッキーの首を押さえた。

人影《ひとかげ》が一つ降《お》りてくる。

この暑いのに、山城跡に登っていたのだろうか。

「あっ、北川さん」

「伊岡さん」

千絵だった。長そでのT《ティー》シャツ、ジーンズといった姿で、汚《よご》れたナップザックを背《せ》負《お》っている。真夏《まなつ》の恰好《かっこう》ではなかった。千絵の丸い顔には、汗の筋が何本もついている。

「伊岡さん、なんでこんなところに？」

「うん」

千絵が笑う。あの柔らかな笑い顔だ。

「ちょっと、さわってもかまへん？」

千絵はそう言うと、ロッキーの前にしゃがんだ。

ロッキーの舌《した》が、千絵の汗の跡をなめる。

「いやあ、ロッキー、あかんわ。くすぐったいやん」

「伊岡さん、なんでロッキーの名前知ってんの？」

遠子は、少し驚いた。

「そやかて、この前、北川さんのうちに行った時、犬小屋にロッキーて書いてあったもん。いやあ、犬の匂いや。うち、この匂い好きなんや。ええ子やな」

千絵は、ロッキーの首のあたりに顔を埋《うず》めた。ロッキーは、クフィン、クフィンとあまえた声を出している。

「犬、好きなんだ」

「うん、好き。ずっとアパートやったから、犬なんて飼《こ》うたこと、ないんやけど。北川さんとこええな。こんなのが飼えれて羨《うらや》ましいわ」

遠子は羨ましいという言葉が嫌いだった。それは、暗くてじめじめして、妬《ねた》みと優《ゆう》越感《えつかん》が混じりあった陰鬱《いんうつ》なイメージがある。けれど、千絵にあっさり、羨ましいと言われると、気持ちよかった。気持ちよさがすとんと胸に落ちる。

「うん、ええ犬じゃろ」

素直にそう言えた。

ロッキーが千絵のナップザックに鼻を押し付け、軽く噛んだ。

「ああ、あかんて。だいじなものが入ってんのや」

だいじなもの？　まさか、真夏に茸《きのこ》採りではないだろう。こんな山の中で、千絵は、何をしていたのだろうか。

千絵が、不意に笑い出す。

「おもろいな、北川さんて」

「えっ？」

とっつきにくいとか、愛想がないとかは、しょっちょう言われている。おもしろい性格《せいかく》だとは、自分でも思わなかった。

「そやかて、なんも聞かへんやん。女の子って知りたがりがおおいから、こんな恰好で、山の中歩いてたら、何してたて、うるさいほど聞いてくるもんやで」

「そうかな」

「そうやで」

他人に質問されるのは、嫌だった。

なんで、陸上部に入らんの。

走るのに、もう、飽きてしもうたの。

どうして、黙ってんの。

将来《しょうらい》、何になるつもり。

今、何を考えている。

ちゃんとした答えなんか、返せない。返せない質問を平気でしてくる人が嫌いだった。だから、自分もたずねない。

あっと、遠子は声を出しそうになった。

千絵もそうかもしれない。

答えられない質問を、たくさん浴びてきたのかもしれない。

「これな、天狗の秘密《ひみつ》やで」

千絵がナップザックを軽く振った。

「天狗？」

「そうや。なあ、北川さん、明日、忙しい？」

「ううん」

「なら、うちに、おいで。天狗の秘密、見せたげる」

それだけ言うと、千絵は遠子に背を向けて、山道をおりはじめた。「さよなら」も「また、明日」もない。一度も振り向かないまま、ナップザックの背中は、木の陰に消えた。

ついていかなくて、いいんですか？

そうたずねるように、ロッキーが、小さく尾《お》を振った。

次の日は雨だった。八月に相応《ふさわ》しい、たたきつけるような雨だった。

伊岡はきもの店まで、歩いて十分ほどかかる。

小さな古い店の前に立った時、遠子のソックスは、ぐっしょり濡《ぬ》れていた。

「ごめんください」

ガラス戸を開ける。カビくさい臭いがした。

薄暗い。スリッパや運動ぐつを山積みしたワゴンが二つ、壁に押し付けるようにおいてあった。

棚《たな》には、白い夏物のくつが並んでいる。先が、日に焼けて黄色く変色《へんしょく》しているものもあった。

「こんにちは」

もう一度、声をかけた。

「あぁ、北川さん。あがりぃ」

奥のドアが開いて、千絵が手招きする。

「あっ、でも、ソックス濡れちゃって……、汚れてるから」

「かまへん。汚れて困るようなとこやないて。ここの階段暗いから、気ぃつけてや」

千絵の部屋は、二階の六畳間だった。

机と緑のカーテンとステンレスの本棚。それだけだった。他《ほか》には何もない。人形もベッドもじゅうたんもクッションもなかった。がらんとして、湿っぽかった。

もし、ここが自分の部屋だったら……。

遠子は、赤茶けたたたみの上に座って考えていた。

自分の部屋だったら、絶対、友だち呼べないだろうな。

千絵は、口笛《くちぶえ》を吹いている。遠子の顔を見て、にやっと笑った。思わず目を逸らしてしまう。部屋の中をながめ回していた自分に気がついた。恥ずかしかった。

「へへぇ、これこれ、これ見てんか」

千絵が白い箱を遠子の前に置く。電話帳《でんわちょう》ぐらいの大きさだ。

「開けてええ?」

「ええよ。これが、天狗の秘密や」

ふたを開ける。

「あっ、貝《かい》?」

貝だろうか。先の尖った巻き貝のようなものが、いくつも並んでいた。人差し指ほどのものから、えんぴつの先ほどの小さなものまである。

「これ、貝じゃろ?」

うんと、千絵が頷いた。

「ビカリアの化石《かせき》」

「ビカリア?」

「知らへん?」

「知らない」

聞いたこともない名前だ。

千絵は棚から、一冊《いっさつ》の本を取り出して、読みだした。雨音に負けない、大きな声だった。

「ビカリアは、新生代第三紀中新世《しんせいだいだいさんきちゅうしんせい》の代表的《だいひょうてき》化石である。巻き貝で、大小多数の突《とっ》起《き》があるのが特徴《とくちょう》。ウミニナの仲間で絶滅種《ぜつめつしゅ》。なっ、いぼいぼがついてるやろ」

確かに、どの貝にも、いぼいぼがある。その間に、茶色い山土がこびりついていた。

「これが、女滝山にあったわけ」

「そうや、西側《にしがわ》の崖《がけ》のとこ。あの山、昔から、ぎょうさん化石が出てたんやろ。掘《ほ》った跡があったもん。ほら、この『日本の化石』て本にも、奈津町のビカリアの化石て載ってるよ」

　そういえば、化石が出るという話を聞いたことがある。興味のないことなので、すっかり忘れていた。

「それで、これがなんで天狗と関係するわけ？」

「そこからが、推理《すいり》なんや。ええか、よう見ててや」

　千絵は、一番大きなビカリアをつまみあげ、自分の口元にもっていった。

「あっ、歯かぁ」

　遠子は、両手をぱちんと合わせた。

「そうなんや。昔の人が化石を歯とまちがえて、天狗伝説を作った。どう、ええ線いってるやろ」

　遠子は、ビカリアの化石を手の中で転がしてみた。

「だけど、これ、どう見ても貝じゃけどな。歯に見えるかな」

　千絵が、身を乗り出してくる。

「そりゃ、貝やと思うから貝に見えるんや。こんな山奥の人やもの。誰も海なんか見たことなかったやろし、貝なんて知らんかったはずや。天狗の歯や思うてもおかしゅうないやろ。なんせ、山奥なんやもの」

山奥、山奥と繰り返されると、ちょっと頭にくる。

「伊岡さん、そう言うけどな。ここらは、昔から、奈津川を使って、船で材木《ざいもく》とか砂《さ》鉄《てつ》を瀬戸内海《せとないかい》の港まで運んでたんじゃで。海のこと、知らんわけがないが」

千絵の丸い顔が、ひきしまった。

「ほんまに？　ずいぶん、昔から、そうやったの？」

「うん、一番、にぎわったのは戦国時代の終わりごろらしいけど。けどな、それまでも海との行き来は、結構《けっこう》あったらしいし、貝と歯の区別《くべつ》ぐらいは、ついたと思うな」

うーんと千絵は唸《うな》って、天井《てんじょう》を向いた。

「伊岡さん。この前のクラブの時間、先生が奈津川の船着き場跡について、話をしてくれたが。聞いてなかった？」

「そんなん興味ないもん。郷土研究部いうから、奈津町の化石について、勉強するかと思うたら、あかんわ。なんとか跡ばっかりやもの」

ああ、そうかと、遠子は、心の中で頷いた。

千絵が、なぜ、郷土研究部に入ってきたか、やっと理解できた。

自分がいたから、入部したのかもしれない。

一瞬でも、そう考えたことが、おかしかった。そして、郷土研究とは、化石の研究をするところだ。そんな千絵の思い込みも、おかしかった。

「ほな、やっぱりアロサウルスやろか」

「アロサウルスて、恐竜《きょうりゅう》の？」

「そうそう。もしかして、恐竜の爪を見つけた人がいてたんかもな。ほら、これなら、天狗の歯に見えるやろ」

千絵は、机の引き出しから箱を取り出した。

ハガキ半分ぐらいの大きさの箱には、綿《わた》が敷かれていた。その上に、先の尖った石のようなものが一つ、乗っている。黒っぽく艶《つや》があった。

「わぁ、すごい」

恐竜の爪なんか、初めて見る。遠子は、目をみはった。

「そんなに、びっくりせんといて。これニセモノ。作り物なんや」

そう言ってから千絵は、微笑んだ。

「北川さんのびっくりした顔、初めて見た」

千絵は、まっすぐに遠子を見てくる。見つめているのでもない。ただ、まっすぐに視線を合わせてくる。睨《にら》みつけているのでもない。

うん。

遠子は頷いた。

「ひさしぶりに、びっくりした」

箱を千絵のひざに返す。

「けどな伊岡さん、女滝山に恐竜の化石が出たなんて、話聞かんもんな。もし、出たとして、天狗の歯と思うたなら、どっかに残ってるんじゃないかな。たとえば、お寺に奉納《ほうのう》するとかな。けど、そんな話はないみたいじゃで」

「北川さんて」

千絵が、軽く頭を振る。

「頭がええんやな。言われてみれば、もっともやな。ほな、天狗伝説に化石が関係してるていうのは、無理かな」

「うん、ようわからんけど……うちはな、天狗は桜や思うで」

どういうこと？

千絵の目が、たずねてくる。遠子は唇を少しなめ、話し始めた。

「なんぼの時か忘《わす》れたけど、うち、お母さんと女滝山の桜、見に行ったことがある」

女滝の桜が、ここまで有名になるずっと以前のことだった。曇《くも》りだったような気がする。そうだ、確かにどんよりとした灰色の空だった。その空を背景《はいけい》に桜は立っていた。満開《まんかい》になる直前の一番、華やかな桜。太い枝《えだ》がやっとのことで、支えている。そう見えるほど、重おもしい花の群《む》れ。

「今はな、木の周りに囲いがあるけど、その時はなかったんよ。うち、すぐ樹の下まで歩いていってな。そうしたら」

「そうしたら」

千絵の手が、ひざの上で握り締められている。遠子はしばらく、黙っていた。焦《じ》らすつもりはなかった。言葉がうまく出てこない。長いこと忘れていた思い出だった。どうして、不意に思い出し、懸命にしゃべろうとしているのだろう。

「風が急に吹いて、桜が揺れて……」

何年も前の光景《こうけい》が、頭の中で揺れた。

風が急に吹いて、桜が揺れた。揺れたというより、蠢《うごめ》いた。風の音が、何かの唸りのように耳に響いてきた。花の塊が、覆《おお》い被さってくるような気がした。遠子は悲鳴《ひめい》をあげ、駆け寄った母の胸にしがみついた。

「下から、桜の樹を見上げてるとな、ほんま花の間から天狗が出てきそうな気がするもの。昔の人かて、そうじゃなかったんかな」

ふーん。

千絵が、気のない声を出した。

「どうやろな。ちょっと、文学的《ぶんがくてき》すぎるんとちがう。うちも昨日《きのう》、桜の樹見に行ってみたけど、大きいだけで、そんな怖い雰囲気なかったけど」

遠子は、かぶりを振った。今の桜ではないのだ。周りを整地され、囲いをされ、すぐ側まで自動車道の通っている、今の桜ではないのだ。千絵は、昔の女滝の桜を知らない。千絵が知らないことに心がいらだつ。

「北川さん」

千絵が、もぞっと動く。

「なに？」

「うち、春に桜を見に行きたいわ。一番、きれいなとこ、見てみたい」

遠子は黙っていた。心のいらつきを読み取られたような気がした。

そうだ、春に行けばいい。人のいない早朝に。千絵に、朝日を浴びた桜の大樹を見せてやろう。

「いいよ。春に行こう」

「うん、行こう」

千絵が、大きく頷く。それから、アロサウルスの爪の化石をしまった。机の引き出しには、大小の箱が、びっしり並んでいた。

「すごい、それ全部、化石なん？」

「おっ、北川さんが、やっと質問しました」

「からかわんといて」

遠子は、口元を引き締めた。からかわれるのは嫌だった。からかわれて調子をあわせてにやつくのは、もっと嫌だった。「あっ、かんにんな」と、軽くあやまるかと思った。けれど、千絵は何も言わず、引きぬいた引き出しを遠子の前に置いた。

「これは、エントモノチスていう二枚貝の化石。これはカキ。貝のほうやで。こっちがブナの葉。あっ、これは、おもろいで。マツカサの化石」

「わぁ、ほんまに松《まつ》ぼっくりじゃな」

こぶしほどの石の真ん中に、松ぼっくりの形がうきあがっている。

「こんなのが女滝にあるんじゃな」

「ちゃうよ。あそこは、ほとんど貝ばっかり。これは奈良県《ならけん》で見つけたと思うよ。だいたい六五〇〇万年ぐらい前のやつなんやて」

「六五〇〇万年」

一二歳。自分の年の数がうかぶ。六五〇〇〇〇〇〇÷一二。頭の中で数字が蠢いた。手の中の化石を軽く握り締めてみる。

「これ、伊岡さんが、全部集めたの？」

「ううん。たいていは、お父ちゃんが集めたんや。うち、化石なんか全然興味なかったんやけど、お父ちゃんにこれ、見せてもろうた時、なんやすごいなて思うてな」

千絵は小さな艶々した白い箱を遠子に手渡した。遠子は、そっとふたを持ち上げた。中身は、ティッシュに包まれている。手のひらに乗せ、みかんの皮を剝《む》くように広げていく。

「うわぁ」

花だった。小さな菊《きく》の花。いくつもの花びらが開いて小さな円をつくっている。それが集まって少し大きめの円になっていた。牛乳《ぎゅうにゅう》びんのふたよりふた回りほど大きいだろうか。小菊の塊に見えた。

色彩《しきさい》のない石の花は、目を見張《みは》るほど美しいものではなかった。すてきでも、かわいいでもない。不思議な別世界《べっせかい》の物のようだった。

「キクカサンゴ」

「サンゴ、これサンゴなん？」

「そう、花やて思うたろ。サンゴの化石」

サンゴなのか。花のようなサンゴの化石なのか。

「キクカサンゴ」

千絵は、もう一度、その名前を呟いた。

「お父ちゃんのくれるもんなんか、ろくなもんあらへんけど、化石だけはえかったな。特に、このキクカサンゴは、気に入ってんねん」

雨音が強くなる。部屋の中は、むしむしと暑かった。低《ひく》くなった千絵の声と雨の音が重なる。

「お父ちゃん、あのまま続けてたらよかったんやけどな」

「化石採集《さいしゅう》、やめちゃったんだ」

「なんでも簡単にのぼせて、すぐ飽きるんや。このサンゴかて、新潟《にいがた》まで行ったんやで。こっちは、青森《あおもり》。それが、熱が冷めてしもたら、見向きもせえへん。化石の前は、古い器《うつわ》にこってたし……困ったもんや」

「困ったもんね」新子が、時どきそんな言い方をする。たいてい遠子に向かってだった。千絵の場合、親と子の立場が逆《ぎゃく》なのだ。

「けど、このサンゴはええやろ。うち、本気で気に入ってしもうて」

千絵のふっくらした手のひらに乗ると、キクカサンゴは、うずくまった小動物のように見えた。

その時、たづばあさんが、入ってきた。ジュースを遠子の前に置く。おじぎをすると、たづばあさんも丁寧に頭をさげた。

「よう来てくれて。ゆっくりしてえな」

そこまで言って、遠子と千絵の顔を交互《こうご》に見た。口を、また、もごっと動かした。

動かしただけで、何も言わない。たづばあさんは、もう一度、頭をさげて出ていった。

「おばあちゃんたらな」

千絵が、ジュースのコップを取り上げた。中の氷がぶつかって涼しげな音をたてる。

「うちと北川さんが、気が合うような気がしたんやて」

「あっ、それで、転校してきた日に、わざわざ、うちに挨拶にきたわけ」

「そっ、ばばのカンやて」

ばばのカンか。遠子もコップを振る。やはり、涼しげな音がした。

4　ピンクのくつ

「遠子、あんた、千絵ちゃんとこに遊びに行ったんじゃて」

新子が声をかけてきた。

遠子は、読んでいた本から顔をあげて、

「うん、言った」

と、答えた。

「さっき、伊岡のおばあちゃんに、会《お》うて、これからも時どききてくださいなんて、言われたんよ。あんた、いつ、行ったの？」

「一週間ほど前」

「一週間前に一度、行ったきり？」

「うん」

「それから、一度も千絵ちゃんと遊んでないの?」

「ないよ」

千絵の部屋に行って、天狗の話をして、化石の本を借りてきた。あれから、一週間たつ。千絵から、なんの連絡《れんらく》もなかった。遠子も連絡しない。愛子たちと、学校のプールに行った時、一度、見かけた。

「千絵ちゃん、いっしょに泳ごう」

愛子が声をかけた。四、五人でいっしょに泳いで、帰りにアイスクリームを食べた。それだけだった。ほとんど口をきいていない。

「遊びに行かしてもろうたんだったら、今度は、うちにきてもらい。夕食ぐらい、ごちそうするで」

「ううん、いいよ」

「なんで」

「なんででも。伊岡さんだって、きたくないよ」

新子がまあと息を呑《の》み込む。

「どうして、そんなこと言うの。考えてみいや。千絵ちゃんは、おばあちゃんと二人きりでご飯《はん》食べてるんで。たまには大勢でにぎやかに、食事したいて思うてるわ」

思ってないだろうな。遠子は本を閉じる。

この一週間、ずっと化石の本を読んでいた。

「あんたって、ほんと情《じょう》の薄い子じゃなあ。友だちのこと、考えてあげて、もう少し同情してあげられえ」

新子がため息を吐く。

母さん、母さんは、何を考えてる。

伊岡さんをうちに呼んで、ごちそうして。それが、いいことだって考えてる。

遠子は身震いした。自分なら、耐えられないと思った。手の込んだごちそうを並べられて、他人の家族に囲まれて、笑いあっているなんて耐えられない。

夕食に招待《しょうたい》しても、千絵はこないだろう。遠子にはわかっていた。

「ママ」

奈々が広告の紙をもって、走り込んできた。

「明日だよ。ドリーム1に行くの。明日、絶対、行こうよ。奈々、ずっと待っとったんじゃから」

「はいはい。そろそろ、オープンの騒ぎもおさまっとるじゃろし、買い物して、お昼をレストランで食べようね」

「やった、嬉しい」

奈々が飛び上がる。

「ほら、おねえちゃん、また、広告が入っとったよ。こんな、きれいなの」

奈々が、広告の紙を差し出す。

『ドリーム1　オープンセール開催中《かいさいちゅう》』

という文字の後ろに、きれいな女の人が立っていた。

真っ赤《か》なドレスを着たその人は、裸足《はだし》だった。斜め上に伸ばされた手の上に、燃《も》えるような赤のハイヒールが乗っている。

「わあ、高そうなくつ。けど、すてきじゃな」

新子が覗き込む。

「そういえば、一階に入っとるくつ屋さんて、全国チェーンの店じゃて。ええ物が、たくさんあるで、きっと。遠子にも、一足、おでかけ用のくつ買《こ》うてあげるわ」

「ええ、ママずるい。奈々にも」

遠子は、広告を見つめていた。女の人の横には、そのくつ屋の店内が写《うつ》し出されて。ガラスの棚。色とりどりのくつ。マネキン。たくさんの花束《はなたば》。小さな写真《しゃしん》からでも、華やかな様子《ようす》が伝わってくる。

負けちゃうよね。絶対、負けちゃうよ。

伊岡はきもの店の、薄暗い店内を思う。

じめじめした空気だとか、山積みされたスリッパだとか、埃《ほこり》のたまった棚だとか。

胸の奥が痛かった。

「加奈《かな》ちゃんも、真利《まり》ちゃんも、よっちゃんもみんな、ドリーム1に行ったんで。

奈々だけ、行ってなかったもん。ほんとに、行こうで」

奈々の声が弾んでいる。遠子は、広告を小さく折り畳んだ。

次の日、遠子はドリーム1に行かなかった。朝から、少し頭痛《ずつう》がしていた。それを口実《こうじつ》にした。

「遠子、ほんとに一人でおる？」

「うん」

「じゃ、すぐ帰ってくるけんな。お昼は、何か買うてくるわな」

「いいよ。ほしくないから。ゆっくりしてきていいよ」

母の手が額にふれる。遠子は目を閉《と》じた。

新子と奈々が出ていってしまうまで、目を閉じていた。

母さんに、悪かったかな。

出かけられないほどの頭痛ではなかった。

ついていけば、新子は、気がかりなく買い物ができたろう。遠子だって、洒落《しゃれ》たショッピングセンターが、嫌いなわけではない。

それなのに……。

遠子は、ベッドの上で身体を折り曲げた。

それなのに、こだわってしまう。

自分がドリーム１に行かなかったからといって、伊岡はきもの店が儲《もう》かるわけではない。案外、千絵自身、誰かに誘われて、ドリーム１に行ったかもしれないのだ。

やっかいじゃなあ。

自分で、自分が重荷《おもに》だと感じた。いつでもこうだ。ぐちゃぐちゃこだわって、割り切れなくて、一人、どうでもいいことを考えて……。

千絵の笑顔がうかぶ。花が開くみたいに、自然《しぜん》にふわっとひろがる笑顔。

(伊岡さんは、自分のこと、嫌だなんて思わんのかな)

唇を噛んで目を閉じると、蟬の声が、耳の奥底まで響いてきた。


誰かが呼んでいる。身体がくらくらと揺れた。

「おねえちゃん、起きてや」

目を開けると、奈々がいた。

「奈々、あんた、買い物に行かんかったの」

ベッドの上に起き上がる。きゃっと笑い声をあげて、奈々は遠子の首にしがみついてきた。

「おねえちゃん、寝《ね》ぼけてる。うちら、今、帰ってきたんで」

ひざから、落ちそうになった奈々の身体を抱き止める。

「うちな、ブラウス買《こ》うてもろうたんで。おねえちゃんにもおみやげがあるの。下りてきて」

なんでこんなに、素直にあまえられるのだろう。

遠子は、奈々を抱いた手に力を入れた。

居間《いま》に下りていく。三時一〇分。三時間ちかく寝ていたのだ。頭の痛《いた》みは、まだ鈍く残っていた。

「遅くなって、ごめんな。お腹《なか》、すいたやろ。たこやき、食べる？」

新子は、テーブルの上にいろいろな大きさの包みを並べていた。どれも、鮮やかな青の地に赤いハートがついている。

「お腹すいてないから、いいけど。なんか、派手に買うたね」

「うん、ついね。今月、赤字じゃな。そうそう、すごいおみやげがあるんで。はい」

四角い包みなんや。すてきな品物がいっぱいあって……つい、あれもこれも買うてしもうたわ。受け取ると、ずいぶん軽かった。

赤いハートの包み紙をゆっくり、破る。

「くつ……」

くつだった。薄いピンクのくつ。かかとのところに、同じ色のリボンがついている。

よく見ると、爪先には、小さなピンクのバラが描《か》かれていた。

すてきだ。そう思った。わぁという声が、もれた。

「なっ、すごく洒落てるじゃろ。一目見て、ええなて思うたんよ。一品物でな、ちょうどサイズが、トッコにぴったりで、よかったわ」

トッコだって、母さんがそんな呼び方するの、ひさしぶりだ。

頭の隅で、そんなことをちらりと考えた。

「すごいんよ。いろんなくつが、いっぱい並んでて花畑みたいじゃった。けど、このくつだけは、ぱっと目についてな。はいてみたら？　サイズぴったりと思うけど」

ぴったりだった。足元から、ピンクの光に染まっていくようだ。明るい美しい色だった。咲いたばかりのバラに似ている。

「うん、いいわ。無理して買うてよかった」

「ママ、うちも、くつほしかった」

奈々が唇をつきだす。新子《こ》は、その頭をなでた。

「奈々は、ブラウス買うたじゃろ。文句言わないの、ママかて、ほしかったスカート、買わんかったんじゃから」

そうか、母さん、スカート我慢《がまん》しちゃったんだ。

足首から先が重い。千絵の笑い顔がうかんだ。それから、伊岡はきもの店の店内や色あせたローヒールがうかびあがる。

遠子は、大きくため息を吐いた。

なによ、そのため息。くつ、気に入らないわけ。

いつもの口調で、母にそう咎《とが》めてほしい気がした。けれど、新子はうつむいて買い物の包みを片付け始めていた。

「このくつ、部屋にしまっとくから」

くつをはいたまま、階段をあがる。

「おねえちゃん、ありがとうて、言えばええのにな」

居間を出る時、奈々の声が聞こえた。

ベッドに寝転ぶ。天井に向けて、まっすぐ足を伸ばしてみた。白いクロスの天井を背景に、ピンクのくつは、艶々と輝いた。

上品で柔らかな色。それなのに、見つめていると心が沈んでくる。

遠子はくつを脱ぎ、ベッドの下に押し込んだ。

奈々の言うとおりだ。母さんにありがとうも言わなかった。

窓から、風が吹き込んでくる。はっとするほど涼やかだった。くつを脱いだ素足《すあし》の先が、ひんやりと心地好かった。

5　山越え

夏休みの最後《さいご》の日、伊岡はきもの店に行った。借りていた化石の本を返すためだった。

千絵が、店の前のガラス戸を磨《みが》いていた。

「この本、ありがとう」

「うん、おもしろかった？」

中学生が、川床《かわどこ》からクジラの化石を発見する場面などは、けっこうおもしろかった。ただ、古生代石炭紀《こせいだいせきたんき》の地層《ちそう》だの、新生代の哺乳動物《ほにゅうどうぶつ》化石だのの説明になると、ごちゃごちゃして、よくわからなかった。だから、正直《しょうじき》に答えた。

「おもしろいとこもあったけど、なんや、ようわからんとこもたくさんあったみたい」

千絵は頷いただけで、何も言わなかった。

「伊岡さん、まだ、ビカリア掘りに行ってんの？」

「行ってへんよ。ビカリアばっかり掘ってもしゃあないから、カキとかアカガイの化石も少し出たけどな。あっ、北川さん、夏休みの採集の宿題《しゅくだい》にするんなら、わけてあげよか」

「いいの。もう、夏休み終わりじゃもの」

「ああ、そうか、もう終わりやな」

そこで、話がとぎれた。千絵は遊んでいけと誘わなかったし、遠子も黙っていた。

「じゃあ」

遠子が、帰ろうとした時、店の奥で、電話のベルが鳴った。一回。二回。三回……。

「あっ、おばあちゃん、また、どっかに出かけてしもうたんやな。北川さん、ごめん。これ頼む」

ガラス磨きのスプレーと布が手に押し付けられる。

「えっ、頼むって、どこ磨くわけ？」

「店の中のガラスケース。はいはい、今出ます。うるさい電話やなあ」

千絵が駆け込む。遠子も続いた。外の明るさに慣れた目には、店内はほとんど闇の中だった。しばらく、目を瞬かせていると、白いくつの塊や壁《かべ》のポスターが滲みだすように見えてきた。

あっ、広くなってる。

そう思った。この前きたときより、中が広くなっているようだ。すぐにその理由がわかった。片付いているのだ。隅に積まれていた箱がなくなっていた。ガラスケースの中もすっきりしていた。洗剤《せんざい》を吹きつけて布でこするとキュルキュルと音がした。ついでに、奥の鏡《かがみ》も磨いた。

「あっ北川さん、おおきに」

「お店、すっきりしたね」

磨きながらそう言うと、鏡に映った千絵の顔が笑った。

「きれいになったやろ。まだ途中やけど、大そうじしてんねん」

「一人で大そうじするわけ」

鏡の中で、千絵が肩をすくめた。

「おばあちゃん、そうじしたぐらいで、お客さんがくるわけないて、諦めてんねん。

誰もが洒落たお店に行くわけやないて言うたんやけど、あかんな。やるぞってファイトがないんや」

小柄で猫背《ねこぜ》のたづばあさんに、ファイトはあまり似合わない。そう感じた。

遠子は振り向き、ガラス棚の前に立った。

「ここも磨こうか？」

「あっ、助かる。一番上まで手が届かへんかったんや。踏み台あるで」

一番上の棚には、小さなフェルトのくつが並んでいた。

「ねえ、赤ちゃんのくつが、こんな上にあるのおかしゅうない」

千絵は頭をのけぞらせて、棚を見ていた。

「そうやな、そこやと赤ちゃんには見えへんな。そしたら、こっちの二五センチ以上のくつとかえよう」

棚をふいて、くつを並べかえる。けっこう時間のかかる仕事だった。それでも、小さなくつがおりてきただけで、周りが明るくなったようだ。

「うん、ようなった。あとは照明《しょうめい》やな。どばっとシャンデリアにでもしたら最高《さいこう》なんやけどな」

「シャンデリアばっかりめだっちゃうよ」

ふっと、ピンクのくつがうかんだ。あのくつがここにあったら、どうだろうか。目立ちすぎてそぐわないだろうか。

「そうやな、やっぱり目立ちすぎるな」

千絵がそう呟いた。踏み台から落ちそうになる。

「伊岡さん。なんで、うちの考えてたことわかるん？」

「なんでて、さっき自分で言うたやない。シャンデリアはめだちすぎるて」

「あっ、シャンデリアのことか」

顔が赤くなる。

「北川さん」

千絵がなにか言いかけた時、店に誰か入ってきた。見覚えがある。ちょっとの間考えて、その人が藤野《ふじの》生花《せいか》店《てん》の若奥さんだと気がついた。

「いらっしゃいませ」

千絵の声が弾ける。

「ごめんなさい。前を通ったらかわいいくつが見えたから」

若奥さんは、黄色いフェルトぐつを取り上げた。

「赤ちゃんのくつですか？」

「そうなの。先月生まれたばっかしじゃから、くつなんか早いんじゃけど、これ、あんまりかわいいから」

売れますように、どうか売れますように。

遠子は、手の中の雑巾《ぞうきん》を握り締めた。

「女の子なんじゃけど、黄色っておかしいかな」

「そんなことないと思います」

千絵は、にこにこ笑っている。

「そうよね、きれいな色じゃもんね。うん、ほんと、きれい……。これ、もろうとこ」

「おおきに」

千絵が、手ぎわよく包んだくつをもって、若奥さんが出ていく。ほっと肩の力がぬけた。

「売れたで、北川さん」

「うん、売れたね」

「やっぱり、外から見やすいのがええんやな」

「なっ、このスリッパの積んであるワゴン、もう少し奥に動かしたら。ガラスケースが見やすうなると思うけど」

「そうやな、そしたら動かそか」

けっきょく夕方まで、遠子は片付けの手伝いをした。夏休み、最後の半日があっというまに過ぎていた。

二学期が始まった。始業式《しぎょうしき》の日、千絵は一言、

「北川さん、昨日は、おおきに」

と言って頭をさげた。うんと答えた。

その後、千絵はなにも話しかけてこなかったし、遠子も口をきかなかった。新子も、いつのまにか、家に招待するようにと言わなくなっていた。残暑《ざんしょ》が過ぎて、雨が降って、川土手に真っ赤な彼岸花《ひがんばな》が咲《さ》き始めた。そして、また、雨。

「北川さん」

学校の帰り道で、千絵が呼び止められたのは、二日ぶりに雨のあがった日だった。

「北川さん、なっなっ、今日の新聞読んだ？」

「読んでないけど」

「えー、読んでへんの。いや、どないしよう。あの、奈津川の上流で、ナウマン象《ぞう》の化石が出たてニュース、知らへんの」

いつにない早口だ。大阪弁《べん》でしゃべられると半分くらいしか意味がわからなかった。

「伊岡さん、もうちょっと、ようわかるように言うてよ」

「もう、ええわ。ちょっと、うちにきてや」

千絵にひっぱられるようにして、ついていく。伊岡はきもの店の店内で、新聞をつきつけられた。

けっこう大きな記事だった。奈津川の上流部で、道路工事《こうじ》中、ナウマン象の上あごと歯らしいものが発見されたと書いてあった。

「なっなっ、すごいやろ」

千絵は、背負ったままのランドセルをかたかた揺らした。

「うん、ほんまに、奈津川で、出たんじゃろか」

遠子の口調もつい、早くなる。千絵の頰が赤く染まっていた。

「そうなんや。ナウマン象が出たんなら、東洋象《とうよう》とか水牛とかの化石もあるかもしれへん。わぁ、すごいわ、うち、いっぺん、象の牙《きば》を掘りだしてみたかったんや」

遠子は、千絵の顔を見た。

「伊岡さん、行ってみるつもり？」

千絵が頷く。

「だけどな、そんな簡単に掘れるもんやないじゃろ」

「わかってる。貝の化石とはちがうんや。そないに簡単にはいかんやろ。けどな、側まででも、行ってみたいんや。ちらっと見るだけでもええ、見たいんや。博物館《はくぶつかん》のガラスの中にあるんとちがう化石が見たいんや」

奈津川の上流か。だいたいの見当《けんとう》はつくな。

遠子は、考えていた。自動車道のインターと山門を結《むす》ぶ道路を建設中《けんせつちゅう》だと聞いている。山門からだと山をひとつ越さなければならないはずだ。

「じゃあ、うちも行くわ」

言葉が、すらっと口からもれた。

千絵の目が、何度も瞬きする。

「ほんまに？　いっしょに行ってくれる？　いや、おおきに」

それから、こくっと首を振った。

「うちな、この記事読んだ時、嬉しゅうてあかんかって、北川さんにしゃべりたくてしょうがなかったんや。さっき、後ろ姿《すがた》見たら、我慢できんようなって……かんにんな」

別に、あやまることはない。遠子は、あごをしゃくるように上に向けた。

「伊岡さん、なんにも我慢せんでもよかったのに。悪いことじゃないもの、早《はよ》う言うてくれたらよかったのに」

あっという感じで、千絵の口が丸く開いた。

「そうやね。なんも我慢することなかったんや」

遠子は黙っていた。千絵が、あやまったことも我慢していたことも、なぜか、腹が立つ。

たった一言いえばよかったのだ。「北川さんいっしょに行こう」と一言いってくれればよかったのだ。そうしたら遠子も簡単に「いいよ」と答えたはずだ。もっとまっすぐに単純《たんじゅん》に自分と向かい合ってほしかった。

「なっ、今度の日曜日でもええ。持って行く物わかる？　ちょっと待ってな、メモに書き出すわ」

千絵は、遠子の不機嫌な顔などおかまいなしだった。

一人、しゃべって、動き回っている。

なんだか、急におかしくなった。口元がほころぶ。

「なに？　北川さん、なにがおもろいの？」

「別に、いいの」

千絵を見ていると、ごちゃごちゃ考えて腹を立てている自分がおかしくなる。胸の奥がふわふわとくすぐったくなるような心地好いおかしさだった。

「北川さん、ほんまにどないしたん？　一人、にやにやして」

「ええの。気にせんでええの」

遠子は、外を見るふりをする。そうしないと、涙が出るまで笑ってしまいそうな気がした。

日曜日、快晴《かいせい》だった。

「大陸《たいりく》からの高気圧《こうきあつ》が張り出し、朝はこの秋一番の冷え込みとなりました」

六時の天気予報《てんきよほう》が告げていた。確かに寒い。川土手の彼岸花に露《つゆ》がびっしりとついて、朝の光を弾いていた。

七時三〇分のバスに乗る。日に三便《さんびん》しかない路線バスだ。三〇分ほどで、馬宿《うまやど》という停留所《ていりゅうじょ》に着いた。山がすぐ側まで、迫っている。この山を越さなければ目的地には着けない。ただ女滝山ほど大きな山ではないし、細い道なりに人がなんとか通れる程度の道が続いていた。

「じゃ、行こう。お昼までには着くと思うで」

遠子が振り向くと、千絵は口を一文字に結んで頷いた。

「おかしいよ」

「は？」

「伊岡さん、顔がガちがちしとるで」

「あっ、やっぱり。何か胸がどきどきして、顔のあたりがつっぱってるて感じなんや」

千絵は、両方の手で頬をたたいた。

遠子はリュックを揺すりあげ、歩きだした。

草叢の中で、虫が鳴いている。赤紫の野萩《のはぎ》が、露の重さにうなだれていた。

それでも、歩くうちに暑くなった。見上げると、空には一片の雲もない。ただ、ひたすら青かった。

この山の先に、ほんとうにナウマン象の化石があるのだろうか。千絵が書いてくれたメモのとおりに、リュックの中に、小さなハンマーや軍手《ぐんて》などを入れてきた。それが少し重いだけで、ピクニックに行くのとそんなに変わらない。母には、奈津川の上流に遊びに行くといって出てきた。嘘《うそ》をついたというより、遠子の気分自体がそうだったのだ。千絵と二人、ピクニック気分で山を越えてみるのもおもしろいと思っていた。なのに、千絵は表情《ひょうじょう》が固まるほど、緊張《きんちょう》している。

「伊岡さん」

遠子に呼ばれて、千絵は顔をあげた。額に汗がうかんでいる。

「ナウマン象て、どんな象なん？」

たずねてからすぐ後悔《こうかい》した。ばかな質問だ。

北川さん、貸してあげた化石の本、読まへんかったの。

そう、怒られそうな気がした。けれど、千絵は硬い表情のまま頷いて、説明してくれた。

「今から三〇万年から一万年前ぐらいまで、生きていた象やて。瀬戸内海の海底《かいてい》からは、ぎょうさん骨が発見されるらしいわ。うち、博物館で、見たことあるけど、こうえらい長い牙があってすごかった。なんや、もともとは、中国大陸《ちゅうごくたいりく》から渡ってきはったんやて」

遠子は吹き出した。

「いやじゃ、伊岡さんたら、渡ってきはったじゃて。象に敬語《けいご》使《つこ》うてから」

「あっ、そうか。なんやナウマンさまって感じやな」

「もう、笑わさんといて。足に力が入らんが」

「じゃ、ひっぱったる」

千絵の指が、遠子の手首を摑《つか》んだ。思いがけないほど硬い指だ。それに、力があった。手首がきゅっと締まる気がする。

「なあ、伊岡さん」

「うん？」

「うちらが行って、ほんとに化石なんか見せてもらえんのかな？」

千絵は、僅かに頭を振った。

「わからへん。大きな生き物の化石なんて、発見してから掘り終わるまでに、何年もかかるらしいわ。けど、今度のナウマン象は、工事の最中《さいちゅう》に奇跡的《きせきてき》に発見されたて新聞に書いてあったやろ。うまいことしたら、骨の一本ぐらい手に入るかもしれへん」

千絵は遠子の手を離し、大きく息を吐いた。

「ああ、しんど。道が急になってきたで」

道は、人一人がなんとか通れるほどの岨道《そばみち》で、くねくねと曲がりながら、灌木《かんぼく》の茂みに消えている。その茂みの手前が、少し広くなっている。朽ちた大樹の幹が横たわっていた。その空《あ》き地で一休みすることにした。

遠子は、水筒《すいとう》のお茶を口に含んだ。

「北川さんて、笑うた顔、べっぴんさんやね」

缶ジュースを飲んでいた千絵が、不意にそう言った。遠子はお茶を噴き出した。

「なっ、なにをいきなり。いや、Tシャツが濡れてしもうた」

あわてて胸のあたりをふく。ふきながら、千絵になんと答えようか考えていた。

「ほんまに、お上手やないで。笑うたら、すごうええ顔になるやん」

ちがう、ちがう。遠子はもどかしかった。笑顔にひかれたのは、自分のほうだ。千絵のように柔らかく笑ってみたいと望んでいたのは、遠子自身だった。

「笑わないとべっぴんさんじゃないわけ」

遠子は唇を噛んだ。こんなことを言いたいんじゃない。心にあるものが、ちゃんと言葉にならない。

「あはっ、そうやないけど」

千絵は、一気にジュースを飲み干した。そして、そのまま黙ってしまった。

風が山の葉を鳴らしていく。木に囲まれた小さな空き地は、湿《しめ》っぽくて暗かった。

遠子は倒れた木に足をかけた。ほとんど抵抗なくぐらりと揺れる。

「あれ、この木、動くで」

遠子の言葉に、千絵が寄ってきた。

「下の地面が斜めになってるんやな。これ、押したら転がるかな」

「やってみよう。絶対、動くで」

山の中の倒木だ。いつか腐りはて、土に還るはずだった。そのままにしておいてよかったのだ。そうすれば、頭の中が真っ白になるような、あんな思いをしないですんだのだ。

　どうして、あんなに木を動かすことにこだわったのだろう。

　ずっと後になっても、遠子には、あの時の自分の気持ちがわからなかった。自分に対するもどかしさを腐りかけた倒木にぶつけようとしたのだろうか。

　足先に力をこめる。

「ほら、伊岡さんも手伝《てつど》うて」

「うん」

　二人の足に押されて、朽ちた木は、ギュルという湿った音をたてて、四分の一ほど回転した。

「力いっぱい蹴《け》ってみようか」

「了解《りょうかい》」

　遠子は足の指にもう一度、力をこめた。

　千絵が、親指を空に向ける。

「いっせえのぉ、それ！」

木は山笹の上で一回と半分、転がった。湿っけた土の匂いが強くなる。下になっていた幹《みき》が見える。濃《こ》い紅茶《こうちゃ》の色をしていた。腐った肉のようだ。黒く長いものが、二、三匹、動いている。

なんだろう?

半歩前に出た時、後ろで息を吸い込む音が聞こえた。

振り向くと千絵の手から、ジュースの缶が落ちていくのが見えた。缶に描かれたリンゴの赤が鮮やかだった。

缶は転がり、さっきまで木のあったくぼ地で止まった。遠子は、身体中の血がどこかに吸い込まれていく感覚を味わった。顔の筋肉《きんにく》が板のように固くなっていく。

千絵がもう一度息を吸う。かすれた声が囁いた。

「ムカデや」

ムカデだった。何十匹というムカデの塊だった。腐った木の下に群れていたのだ。

まるで、重油《じゅうゆ》の溜《たま》りのように見えた。

突然《とつぜん》、新しい空気と日光にふれたムカデたちは、苦しみ踠《もが》くかのようにたくさんの足を蠢かしている。これほどの数のムカデを見たのは初めてだった。何十匹の集まりというより、どろどろにとけた動物の屍骸《しがい》のようだった。遠子と千絵の足元に向けて、黒い塊がゆっくり這《は》い上がってくる。動けなかった。声さえ出なかった。汗だけが、頬を伝って流れていく。周りの音が聞こえない。風のそよぎも、小鳥のさえずりも消えた。

ドグッ。ドグッ。

身体の内から鼓膜《こまく》に向けて、心臓の音が響いてくる。人形のように強張《こわば》ったまま、遠子は、自分の鼓動だけを聞いていた。

「いやぁ！」

耳元で、千絵の悲鳴が爆発した。

「北川さん、早う」

腕がすごい力でひっぱられた。頭の中で、ぷつっと音がして、身体を縛っていた紐《ひも》が切れた。そんな感じがした。

千絵が走りだす。その後を追った。

後ろで、ザワザワと乾いた音がする。それが、風なのかムカデの動く音なのか幻聴なのか判断できない。

何も考えられなかった。ただ、千絵のリュックだけを追っていた。

そのリュックが、不意に消えた。

「伊岡さん！」

あっという間に、千絵の身体は緑の茂みに飲み込まれていた。

滑ったのだ。滑って下に落ちたのだ。

遠子はリュックの紐をきつく握り締めた。そうしないと、座り込んでしまいそうだった。

「伊岡さん」

千絵の倒れた所に走り寄る。千絵は藪《やぶ》の中にうつ伏せに倒れていた。はいていたズックぐつが脱げている。それは主人に合わせるように、底《そこ》を見せて転がっていた。

千絵は死《し》んだのだ。そんな思いが突風《とっぷう》のように頭の中を過《よぎ》った。転がったズックぐつは、死人の印《しるし》そのものに見える。

「やだっ」

遠子が叫んだとたん、千絵が動いた。

「痛ぁ」

頭が谷のほうに向いているので、うまく起き上がれない。遠子は手を伸ばして、千絵のジーパンを摑んだ。力いっぱい、ひきあげる。

「あっ、おおきに。助かった」

千絵が、大きなため息を吐いた。

遠子はズックぐつを拾い上げて、座り込んだ千絵の足にかぶせた。

「けが、せんかった？」

「だいじょうぶや思うけど……ちょっとひりひりする」

頰にすり傷《きず》ができていた。そこを押さえながら、千絵は、自分が転がったあたりを覗き込んだ。

緩やかな山の斜面《しゃめん》で、三メートルほど下から雑木林《ぞうきばやし》が続いている。

「ああ、ここなら、滑ったかてどっかの木にひっかかってたな」

「もう伊岡さん、何呑気《のんき》なこと言うとんで。うちな」

死んでしもうたかと思うたのに。そう続けようとして、急に涙が出そうになった。

あわてて上を向く。艶々と眩しい秋の空が広がっていた。心が落ち着く。二度、大きく深呼吸《しんこきゅう》した。

「北川さん、あの……うち、あの、かんにんな」

千絵があやまる。遠子は目の縁を手でこすりあげてから、千絵のほうを向いた。

「なに急に。なんで、あやまるの？」

「そやかて、さっき、一人だけで逃《に》げてしもうて……」

うつむいた千絵の髪に、朽《く》ちた葉っぱがついていた。

「そんなことないで。伊岡さん、ちゃんと手をひっぱってくれたが」

千絵は顔をあげて目を瞬かせた。

「ほんまに、うち、北川さんの手をひっぱった？」

「覚えてないの？『北川さん、早う』て、声もかけてくれたが」

「ほんまに、ああよかった」

千絵の目から、涙が落ちた。丸い大きな水滴《すいてき》のような涙だ。なぜ、千絵が泣くのかわからなくて戸惑ってしまう。ムカデの恐怖《きょうふ》を思い出したにしては、あまりに静《しず》かな泣き方だった。

遠子は黙って立っていた。立ったまま、千絵の泣きやむのを待っていた。

「北川さんて」

千絵が鼻をすすり、ハンカチで涙をぬぐった。

「ほんまに、なんにも聞かへん人やな」

「そうかな」

「そうやで。なんで泣くのぐらいは、誰でも聞いてくるわ」

「聞いたほうが、よかった？」

千絵は首を横に振った。そして、

「あのな、うち、いっぺん、人を見捨てて逃げたことあんねん」

一言、一言、区切るようにそう言った。

「人を見捨てた？」

「うん、お父ちゃん。お父ちゃんな、お酒飲みすぎで、身体の中がわやになってたんや。それなのに、絶対、お酒やめへん。病院にも行かんて言うてな。毎日、お母ちゃんとケンカしてた」

遠子は千絵の側に座り込んだ。

「春休みに入る前の日だったけど、お母ちゃん、大ゲンカして、家を出てしもうたんや。うち、お父ちゃんの側に残ってた。そうせな、お父ちゃん、死ぬまで呑むような気ぃがしたんや。そしたらな、お父ちゃん、トイレに行ってな」

千絵が、つばを飲み込む。小さな汗の粒が、鼻の頭にうかんでいた。遠子はその顔を見つめていた。

「そしたら……わぁて悲鳴が聞こえて、うちびっくりして……」

「お父さんの悲鳴？」

「そうや。うちが、トイレ行ってみたら、お父ちゃん、ずぼんをずらしたまま、ぼぉっと立ってんねん」

「うん」

千絵は下を向いた。頬の傷から血が滲んでいる。

「あの、変な話やけどな……お父ちゃんな、その時うんこしたんや。そしたらな、それがな」

「うん」

「真っ白やったんや」

意味がよくわからない。頷けなかった。

「後から聞いたんやけど、お酒呑みすぎたら、内臓《ないぞう》がやられてしもて、そんなうんこが出るんやて。ほんまに白いすかすかした骨みたいなやつやった。うち、気味悪うて……そしたら、お父ちゃんが手ぇ伸ばしてきて……『千絵、助けてくれ』て言うんや。目なんか真っ黄色で、すごい顔やった。うち、怖くてな。ほんま怖くて、お父ちゃん突き飛ばして、外に逃げてしもうたんや。お父ちゃん、それから、すぐ入院してしもうたけど……」

千絵は口を閉じた。静かだった。蟬がまだ、鳴いていた。

千絵のやったことは、父親を見捨てたことなのだろうか。わからない。遠子には何もわからなかった。

「お父さんのことは、ようわからんけど、伊岡さん、うちの手をひっぱってくれたよ。声もかけてくれたよ。ほんまのことじゃで」

それだけしか言えなかった。

身体の中が空っぽになるような、恐怖から千絵の声と手が救い出してくれた。それだけは確かだ。それだけが今、遠子にわかっていることだった。

千絵は、まだ、黙っている。

「ほんとに、あの、伊岡さんが手をひっぱってくれたから、金縛りから醒《さ》めたみたいな気がして、それで、身体が動いて……だから、助かったので、だから……」

ばか、同じことを何度、繰り返してるんだ。

遠子は運動ぐつの爪先の、山土に汚れた部分を睨みつけていた。

急に、千絵が立ち上がった。

「うん、北川さん、おおきに」

「なによ、あやまったり、お礼言ったり。助けてもらったのはこっちじゃで。伊岡さんがお礼言うのおかしいよ」

遠子も立ち上がる。

「うん、おかしいかな。でも……やっぱり、おおきに」

「遅くなってしもうたよ。もう行こう」

痛いほど力を込めて、おしりの土をはたいた。目を上げると、千絵の横顔が見えた。

その頰の傷が、赤くはれて血を滲ませている。

「伊岡さん、けが、だいじょうぶかな。歩ける？」

「もちろんぜんぜん平気。それより、うちのこと、すごいと思わへん」

「は？」

「逃げながらでも、ちゃんと道を登ってきたやない」

「ああ、ほんまじゃ。降りてたら、もう絶対あの木の側、通れんかったもんな。けど……」

身体に軽い震えが走る。

「帰りは、どうなるかな」

「どうにかなるやろ」

千絵は、あっさり言い切った。

「ともかく、早う行こう。お昼までに着かんかもしれへん」

そうか、どうにかなるか。

リュックを背負いなおして、遠子は先に歩きだした。道は、雑木林に入った。ますます狭くなる。腰《こし》ぐらいの高さの低木《ていぼく》が生い茂る。棘《とげ》のある細い枝が伸びていて、Tシャツの腕を容赦《ようしゃ》なく引っ掻《か》いた。

「あいたっ」

後ろで千絵の声がした。遠子は、振り返った。

「わぁ、頭にどんぐりが落ちてきた」

広げた千絵の手の中に大粒のどんぐりがあった。

そういえば、風が出てきた。雑木の枝は、空を覆い隠すように伸びている。びっしりと葉をつけて、ざわざわと揺れていた。

「うち、北川さんの言うこと信《しん》じるわ」

顔を上に向けたまま、千絵が言う。

「なんのこと？」

「天狗の話。桜の花の間から天狗が出てきそうな気がするて言うたやろ。あの時は、ピンときぃひんかったけど、今は、わかるわ。山の中におると、ほんま、天狗が出るような気がすんねんな」

ざわざわ、ざわざわ。木の枝が動く。鳥だろうか、黒い影が一つ、過った。

「あっ、ムカデ！」

遠子は、千絵の足元を指さした。

「ぎゃあ」

千絵が飛び上がる。すごい悲鳴だった。

「あははは、嘘、嘘。あはははは」

おかしかった。大きく口を開けて笑ってしまった。山の空気が喉の奥まで入り込んで、冷《つめ》たく染みた。

「もう、いけすかん。あほっ」

千絵は、笑っている遠子を押し退《の》けるようにして前に出ると、速足で歩きだした。

「伊岡さん、ごめん。いや、まって」

笑いが止まらない。涙まで出てきた。目じりをふきながら、遠子は千絵の後を追いかけた。

一時間ほど登って、頂上《ちょうじょう》に着いた。頂上といっても広場があるわけではない。灰色の大きな岩が一つ、目印のように座っていた。その岩の向こうから、道は急な下り坂になっている。さすがに、疲れた。

「少し休もうか」

遠子がたずねると、千絵は眉《まゆ》を寄せて、困ったなという顔をした。

「あれ、伊岡さん、休みたくないの?」

「うん、だって下り坂やろ。がんばっていこう」

「早く、化石の所に行きたいんじゃな」

「そうなんや。なんか、また胸がどきどきしてきた」

「恋《こい》しいナウマンさまじゃな。わかった、行こう」

そうは言ったものの、遠子はうんざりしていた。疲れて、身体が重かった。細いくだりの山道は、延々と続いているようだ。思わずため息が出た。

「北川さん、ばててる？　休もうか」

「いいよ、きっと、もう着くと思うからがんばる」

自分を励ますための言葉だったが、当たっていた。当たり過ぎたぐらいだ。

道は、右に大きく曲がっていた。右に曲がったとたん、雑木林が姿を消した。ざわざわと視界《しかい》を遮っていた木々が急に消えたのだ。かわりに、木々を切り倒され、下草を刈り取られ、剝き出しになった山肌《やまはだ》があった。その下は、道になっている。赤土のでこぼこした道だが、かなり広い。トラックが数台真ん中に停まっていた。反対側《はんたいがわ》の山の斜面《しゃめん》は、やはり赤土が剝き出しになって、大きく抉《えぐ》られていた。あっけらかんと広い景色だった。どこかで、山鳩《やまばと》の声がした。

「工事現場だね」

遠子は、千絵の横に並んだ。

「うん、なんや、キツネに騙《だま》されたみたいやな」

千絵の言う意味がわかる。目の前に広がったトラックや赤土の道を見ていると、山の中でのことは、全部夢《ゆめ》だったような気がしてくるのだ。ムカデも天狗もいない。生き物のような葉のざわめきも叫び声をあげるような恐怖もなかった。ただ、あっけらかんと広い景色……。

斜面を降りて、トラックの側に行く。

黄色いヘルメットを被った男の人が、煙草をふかしていた。千絵が化石のことをたずねる。

「へえ、山門から、この山越えてきたわけ」

煙草を揉《も》み消して、男の人は、「すげえな」と、付け加えた。

「化石が出たちゅう場所は、この崖のすぐ向こう側なんじゃけど、行っても無駄じゃないかなあ」

「ええ、なんでですか？」

千絵の背中が、ちょっと揺れた。

「うん、なんや、専門家《せんもんか》の人にきてもろうて、本格的に調べるいうて、ロープ、張ってな。見張りのおっさんも立ってたみたいやで」

ああ、やっぱり。

ひざのあたりから力がぬけていく。

千絵はそれでも、崖の後ろ側にまわってみると、歩きだした。

崖の後ろは、同じような赤土の斜面で下に降りていく道がついていた。黄色と白のロープが一本ずつひかれて、通行禁止《つうこうきんし》と書かれた札《ふだ》が掛かっていた。

「化石が見たいって？　あかん、あかん。なんや、珍しい骨が、ようけ出るかもしれんて明日あたり、偉い先生がきなさるんじゃ。それに、地滑《じすべ》りの危険《きけん》もある。子どもが、入ったりできるもんか」

札の側で、缶ジュースを飲んでいたおじさんは、ハエを追うように手を振った。

「おじちゃん、うちら、やっとこ山越えしてきたんです。化石の出た場所だけでもちょこっと見せて。なっ」

千絵が手を合わせて、拝むまねをする。

「山越えしたんか？　そりゃ難儀《なんぎ》じゃったな」

「難儀、難儀。そやから、なっ、頼みます」

「だめじゃ」

あっさり断られた。千絵の肩がみるみる萎《しぼ》んでいくようだ。遠子は、真正面《ましようめん》からおじさんの顔を睨んでしまった。

「おいおい、そんな怖い顔しんさんな。わしも、難しゅうは言いとうないけどな、ほんま、足場が悪いんで危険なんじゃ。それに素人《しろうと》さんにつっつかれると困るらしいし……わりぃけど、我慢してや」

千絵が泣きだすのではないか。遠子は、心配だった。

けれど、千絵は泣かなかった。小さなため息を一つもらしただけだった。

「すまんけどな、わしには、どうもしてやれんが」

おじさんが、髪の毛をぼりぼりと搔く。

軽くおじぎをして、千絵が歩きだす。

意外だった。

こんなに簡単に諦めてしまえることのために、山を越えてきたのだろうか。

右足のアキレス腱が微かに疼《うず》いた。

諦めたらだめなんだ。諦めて、従《したが》ってしまったら、どんどん惨めになっていく。

「伊岡さん、そんなに簡単に諦めていいわけ」

千絵の背中に声をかける。自分でも、どきっとするほどきつい調子だった。

千絵は立ち止まり、顔だけ振り向き、また歩きだした。

「ちょっと、伊岡さん」

駆け寄って右腕を摑む。

「あ痛。そんなに力入れてもたんといて」

「けど、けどな、せっかくここまできたのに。なんのために、山を越えてきたわけ？」

「あっ、そうやなあ。北川さんは、わざわざ付いてきてくれたんや」

ばかと叫びたかった。その叫びをなんとか呑み込んだ。喉がこくっとくぐもった音を立てた。

「付いてきてあげたわけじゃないよ。そんなんじゃ、ないよ。けど、伊岡さんがこんなに簡単に諦めるなら、こないほうがよかった」

千絵の腕が強くひかれた。

「諦めたりしてへんよ。勝手に決めつけんといて。ああ、痛い。手が折れるかと思うた」

「けど、けど……」

遠子は、口ごもる。

「おーい、頼むから、ケンカなんかするなや」

振り向くと、見張りのおじさんが大きく手を振っている。

千絵が、遠子の肩を押した。

「さっ、お弁当《べんとう》にしよう。お腹すいて、死にそうや」

「うちな、別に、諦めたわけやないで」

お弁当を広げた時、千絵が呟いた。

斜面にわずかに残った木の下だった。

「えっ、だったらどうするの？　あのおじさんの隙をみてロープの中に忍び込む？」

「もう、北川さん、マンガみたいなこと言わんといて。そんなこと、うまくいくわけないやろ」

千絵は笑い、おにぎりにかぶりついた。

「うん……おいしい。あの、うちな、素人さんにつつかれたら困るて言われた時、あぁそうだなって思うたんや。瀬戸内海の海底ならともかく、こんな山からナウマン象が発見されるなんて、すごい珍しいことやろ」

どのくらい珍しいのか、よくわからない。

「うちには、よう、わからんけど」

「うん。すごく珍しいんや。そしたら、やっぱりちゃんと調査《ちょうさ》せなあかんやろ。大切なナウマン象の化石やもの、だいじに掘り出してほしいやん。前に、お父ちゃんに聞いたけど、珍しい化石が出たと聞いて、愛好家《あいこうか》ていうの、化石が好《す》きな人がぎょうさん集まって、せっかくの発掘場所《はっくつばしょ》がめちゃめちゃになったこと、あったんやて。そんなこと急に思い出して、簡単に見せてもらえんかて、しゃあないかなて思うて」

千絵の言うことは理解《りかい》できた。けれど、素直に頷けない。

「伊岡さんの言うてること正しいかもしれんけど、あんなに一生懸命山を越えて、だめですって言われて、何にもしないで帰って、一日、無駄にして」

「無駄やなかったよ」

千絵が大きな声をだした。遠子は、息を呑み込んだ。

「うちには、無駄やなかったよ。北川さんとあの山越えて、ここにこれて、よかったと思うてる。絶対、無駄なんかやなかった」

遠子の目の前を羽虫《はむし》が過った。透明《とうめい》なはねが、一瞬、小さく鮮やかに輝いた。目をふせる。

無駄なんて言葉を簡単に使ってしまったことが、悔やまれた。

「それにな北川さん、うち、ほんまに化石のこと諦めたわけやないで」

千絵が、指についたごはん粒をなめる。

「あのな、うち、大学に行きたいんや」

「大学に？」

「うん、ちゃんと考古学《こうこがく》だとか地質学《ちしつがく》だとかいうの勉強して、発掘調査に加われるような専門家になりたいんや」

「けど、フタバスズキリュウを発見した鈴木《すずき》さんて高校生だったんじゃろ。大学なんて関係ないんとちがう？」

「うん、でも、化石の復元作業《ふくげんさぎょう》なんかもやってみたいし、やっぱり専門家になりたい。

ちゃんと勉強してみたいんや。けどな、大学は難しいし、今からいろいろ考えとかんとあかんわ」

「受験《じゅけん》のことなら、まだまだ先じゃろ。伊岡さん、頭悪くないもの。だいじょうぶじゃない」

千絵は、ううんと頭を振った。

「勉強のことばっかりやのうてな……お父ちゃんなんか、絶対あてにできんやろ。いろいろやり方考えんと、大学行くの難しいんや」

顔が火照る。いいかげんに口にしたことが恥ずかしかった。口の中に、サンドイッチを押し込む。

マヨネーズを入れすぎた卵《たまご》がパンから食《は》み出して、地面に落ちた。

「北川さんのサンドイッチ、力いっぱい卵がはさんであるんやな。まっ、うちのおにぎりもそうやけど。はは、梅干《うめぼ》し、二つも入れてきた」

不恰好な大きなおにぎりだった。

お弁当ぐらい、二人分ちゃんと作ってあげるという新子を断《ことわ》って、六時前に起きてサンドイッチを作った。よかったと思った。自分で作ってきてよかった。

「そういえば、卵の化石があるて知ってる？」

千絵がサンドイッチを指さす。

「知らない」

「プロトケラトプスの卵の化石。モンゴルの砂漠《さばく》で見つかったんやて。卵の化石やで、おもろいやろ」

「伊岡さん、ほんまに化石のこと好きなんじゃな」

おにぎりを頬張ったまま、千絵は少し考えていた。

「そうやな、やっぱりキクカサンゴが強烈《きょうれつ》やったかな。ほんま、花かと思うたもんな」

「お父さんの影響《えいきょう》、すごいんだ」

「まあな。親なんやから、ちょっとぐらいは、影響うけたらなかわいそうやろ」

かわいそうか。

その言い方がおかしかった。声を出して笑ったら、サンドイッチが喉につっかえた。

「もう、何やってんの」

千絵が背中をたたいてくれる。それがまた、おかしかった。しばらくの間、遠子は笑い続けた。

「北川さんて、ほんまよう笑うな」

「嘘」

びっくりした。

「よく笑うなんて言われたことないよ」

「そうかな。けど、北川さんが笑うと、ほんまに笑うてるて感じするもんな。お愛想とか嘘笑いやないて感じ。うち、ほんまに本気で笑う人てええなと思うで。ほっとするもん」

答えが返せない。千絵も黙ってしまった。遠くで、山鳩の声が、また、聞こえた。

突然クラクションの音が響いた。

「おーい」

黄色いヘルメットの男の人が、トラックの窓から手を振っている。さっき、トラックの側で煙草をふかしていた男の人だ。

「きみら、帰るんならF市まで乗せてったるで」

遠子と千絵は、顔を見合わせた。

「F市まで、道が通じてるんですか？」

千絵がたずねると、黄色いヘルメットの頭が頷いた。

「途中まで工事中の道だから、工事関係の車しか通れんのだ。きみら、特別《とくべつ》に乗せたる。それとも、また、山越えで帰るんかあ？」

ムカデの塊がうかぶ。背筋のあたりがすっと冷《ひ》えた。もう一度、顔を見合わせて頷くと、遠子も千絵もトラックに向かって頭をさげた。

「せっかく山越えしたのに、残念やったな。けど、おれらかて、貴重《きちょう》な化石とかのおかげで、工事が中止《ちゅうし》になってて大変《たいへん》じゃ。それにしても、きみら、小学生で化石採集なんて、しぶいな。うん、ええ趣味じゃ。これに懲《こ》りずにがんばれな」

F市に着くまで、男の人はずっとしゃべっていた。

もしかして、うちらのこと気の毒《どく》に思うてくれたんかな。

遠子は日に焼けた男の人の横顔をちらりと見やった。丸い鼻もふぞろいの口ひげも、とても優しげだった。

6　別《わか》れ

F市から山門まで、JR線で帰った。一両だけのディーゼル車だ。山と川の間を走る。

線路に沿って、真っ赤な彼岸花の群れが続いていた。

稲刈《いねか》り前の田んぼの上では、紅トンボの群れが舞っている。花に負けない、鮮やかな色だった。

「ええとこやな、山門は」

窓に頭をもたせかけて、千絵は外を眺めている。

遠子は眠たかった。山越えの疲れが、身体を重くしている。

「そうかな。ただの……いなか町だと、思うけど」

なんとか答えを返す。

「ええとこやで。山も川もきれいやし。化石かてぎょうさん、出てくるし、ええな。北川さんが羨ましいわ」

遠子は半分閉じかけていた目を開けた。千絵の口調が気になった。

「伊岡さん」

「うん、なんか、うち……、また転校せなあかんような気がする。おばあちゃんの商売、やっぱり無理みたいで。おばあちゃん、やる気をなくしてるんや」

あのピンクのくつがうかぶ。ベッドの下にしまい込んだまま、一度もはいていない。眠気は、完全《かんぜん》に消えていた。

「お店、閉めるの？」

「うん、そうなると思う」

あまりびっくりしなかった。ピンクのくつを見た時から、いつかこうなる予感があった気がしていた。

「せっかく、大そうじしたのに」

後が続かなかった。

「悔しいけど」

千絵の言葉も途切れる。

車内アナウンスが、山門駅《えき》の名を告げた。

「桜、見に行けないね」

呟く。千絵は窓から紅葉《こうよう》する直前の山を見つめていた。

「そうやな、春の桜見たかったな。なんや、損《そん》した気分や。でも、今日はよかったやん。桜のかわりにムカデ見たしな。あのムカデ、今から思うてもすごかった」

「伊岡さん」

千絵のおしゃべりを遮る。

「はい」

「伊岡さん、うちのことなんにも質問せんていうたけど、今度は、聞きたいことがある」

「はい」

千絵は、背筋をまっすぐ立て、遠子と向き合った。

「どこに転校していくわけ？」

「アメリカ、ワイオミング州」

遠子は顔をしかめた。

「一九〇八年、スタンバーグ一家は、ワイオミングの岩山で皮膚《ひふ》のついたカモノハシ恐竜の化石を発見しました」

「えらい、北川さん、勉強してる」

「もう、真面目に答えること」

秋の日差しを浴びて、千絵のうぶ毛が金色に光っている。

「たぶん、高知《こうち》やないかな。おばちゃんがいてはるから。他に質問は、ありますか」

もうなかった。高知は、アメリカより遥かに遠いように思えた。

一〇月の秋祭りの前に、伊岡はきもの店は、閉店《へいてん》してしまった。一〇日前から『閉店セール。五〇～七〇％引き』と書かれた紙が何枚も戸口に貼《は》られた。

セールの最後《さいご》の日、餞別《せんべつ》がわりだといって、新子は紙袋《かみぶくろ》いっぱいのスリッパを買い込んできた。

「知らんかったけど、伊岡さんとこて借り家だったんじゃてな。赤字で家賃《やちん》はろうてまで、やってけれんて、言うてたわ。気の毒にな。高知の娘さんとこ行くらしいで。

そういえば、あんた、千絵ちゃんに、お別れ言うたの」

遠子はマンガを読むふりをしていた。

「遠子、聞いてんの。千絵ちゃんにお別れを」

「言ったよ」

嘘だった。山から帰った後、千絵とは、ほとんど口をきいていない。

転校がはっきりと決まってから、千絵の周りはにぎやかになっていた。

「山門のこと、忘れんといてよ」

「手紙書くけんな。返事ちょうだいよ」

「うちも親戚《しんせき》が、高知におるんよ。いつか、遊びに行く」

住所の書かれた小さなカードやメモといっしょに、いろいろな言葉が飛び交っていた。

きょうは、休み時間に色紙《しきし》が一枚回ってきた。真ん中に伊岡千絵さまへと赤いマジックで書いてあった。そこを囲むように、クラス一人一人のメッセージが並んでいる。

「さようなら、たった四カ月だったけど楽しかったです」

「また、会おうね。グッドバイ」

「千絵ちゃんの歌声忘れません。また、聴きたいな」

遠子は、色紙の言葉を丁寧に読んだ。

「たった四カ月でも、クラスメートだもんね。みんなに、一言ずつ書いてもらおうと思うて」

平田愛子が、右隅の余白《よはく》を指さした。

遠子は、2B《ビー》の鉛筆《えんぴつ》でそこに自分の名前を書いた。

「トコちゃん、名前だけしか書かんの？」

「うん、他に書くことないから」

愛子は、しようがないなというように肩をすくめた。

「まっ、ええか。トコちゃん、千絵ちゃんとそんなに親しゅうなかったもんな」

遠子は、鉛筆をビニールのペンケースにしまった。書く時力を入れすぎたのか、芯《しん》の先は、折《お》れて丸くなっていた。

その夜、千絵がたずねてきた。

「これな、売れ残りやないで。北川さん用に、とっておいたんや。うちの記念品《きねんひん》」

新聞紙に無造作に包まれていたけど、くつだとすぐわかった。

「まあ、千絵ちゃん、わざわざありがとう。玄関なんかおらんとあがりいな」

新子が、忙し気に手を振る。千絵は、いいえ、すぐ帰らんとあかんのですと、答えた。

「あしたには、山門を出るから。忙しいんです」

「まあ、ほんま急やね。おばあちゃんも大変やな」

新子が大きく息を吐き出した。

「おばあちゃんは、お店の片付けすませてからここを出る言うてました。後二日ほどおるみたいです」

「まあ、千絵ちゃん一人で、高知まで行くの？」

「はい、ちょっとでも早うおいでて、おばちゃんが行うてくれたから」

「まあ、千絵ちゃんもほんまに……」

新子はエプロンの裾で目を押さえた。

遠子は新聞の包みを抱いたまま、立っていた。

「どうしたの、遠子。なんか千絵ちゃんに言いなさいよ。ほんまにこの子は」

涙の溜まった目で、新子が睨む。遠子は立ったまま千絵を見おろしていた。

「伊岡さん」

「うん」

「うち、記念品じゃったらあれがええわ」

『あれ』は、すぐわかったらしい。千絵はかぶりを振った。山門にきて、少し伸びた髪が耳の横で揺れた。

「キクカサンゴは、だめや。いくら、北川さんでもあれは、あかん」

「やっぱり」

きっぱり拒否《きょひ》されて、ほっとした。

「うん、ぜったいだめや」

にっこりするかなと思ったけど、千絵はまっすぐに遠子を見つめたままだった。

「じゃ、北川さん、さいなら」

「うん、さよなら」

玄関のドアを半分開けたところで、千絵が振り向いた。

「北川さん」

「なに？」

「足んとこ、ムカデや」

新子がぎゃっと悲鳴をあげた。遠子は動かなかった。

「あっ、ひっかからんかったな。残念」

千絵はひらりと手を振った。ガチャンと音がして、玄関のドアが閉まり、その向こうで足音が遠ざかっていく。

遠子は包みを抱えたまま自分の部屋に駆け上がった。窓に顔を押し付けてみる。外は満月《まんげつ》だった。庭の木々と屋根が、青いような月明かりの中にくっきりと影《かげ》を伸ばしていた。他には、何も見えなかった。

ベッドにこしかけ包みを開く。

なかみは、やはりくつだった。白いジョギングシューズ。編み上げの紐とかかとの部分が藤《ふじ》の色をしていた。はいてみると、少し大きくて、かかとの所に指が一本入った。

伊岡さんたら、自分の足に合わせたんだ。

しゃがみ込んで、遠子は藤色の紐の部分をそっとなでた。

一月の最初《さいしょ》の日に、千絵から手紙が届《とど》いた。

『こんにちは。お元気ですか。こっちでは、びっくりすることがありました。ひっこしたおばさんの家は、横倉山《よこくらやま》のわりと近くだったんです。知ってるよね。三葉虫《さんようちゅう》の化石で有名なとこ。うれしかったです。今は、ちょっと忙しいけど、絶対化石採集に行きます。ナウマン象は残念でした。けど、うちには、まだナウマン象の骨もクジラの骨も区別つかんでしょう。もっといろんなこと、知りたいです。北川さんも、がんばってください。女滝山の桜、見られなくて惜しかったです。でも、桜の咲く、いつか春の日に、山門に帰りたいなと思ってます。

ムカデの思い出、忘れません。一生おぼえてると思います。さようなら。

北川遠子さまへ。　　　　　　　　　　　　　　　　　　ちえ』

伊岡さん、くつ、はいてます。あのくつをはいて、毎朝走っています。ロッキーもいっしょです。

少し大きくて、時どき、脱げてしまいます。でも、とても軽くて走りやすいのです。

桜が咲いたら、また手紙を書きます。

返事の文が、心にうかんでくる。同時に、目の奥が熱く痛んで、涙がこぼれた。

今ごろ、涙が出るなんて……。

涙は、千絵の手紙の上に落ちて、不恰好な丸い染みをつくった。

走ってこよう。

今、走りたい。強くそう思った。

トレーニングウェアに着替え、玄関で千絵にもらったシューズをはく。

「遠子、どっか行くの？　もう、晩ご飯やで」

新子の声が台所から、聞こえた。

「ちょっと、走ってくる」

「えー、今ごろから」

玄関を出ると、夕焼《ゆうや》けだった。ロッキーが、犬小屋から飛《と》び出してくる。

「わかってる。いっしょに行こう」

北からの風が吹いている。冬が近いのだ。深呼吸を一つすると、遠子は、あかね色の風の中に、ゆっくりと走り出していった。

ラブ・レター

1　夏服

コーヒーの香《かお》りがした。愛美《まなみ》は、深呼吸《しんこきゅう》をひとつして香りを吸い込んだ。コーヒーは飲まない。味も色も嫌だ。でも、香りは好《す》き。ほかの匂《にお》い、バタートーストとかイチゴとか目玉焼《めだまや》きの匂いなんかと混ざらない。「わたしはコーヒーです」みたいな感じで、まっすぐに鼻に届《とど》いてくる。しゃきっとしていて好きだ。

もう一度、息を軽く吸い込んでダイニングキッチンのドアを開けた。

「おはよう」

「おはよう、愛美」

パパにコーヒーを渡していたママが振り向いて笑《わら》う。新聞から目をあげて、パパもおはようと言った。六月の最初《さいしょ》の月曜日。よいお天気だった。庭に通じるガラス戸から、光がいっぱい入っていた。

パパが新聞をたたむ。カサッと乾いた紙の音がした。馬の写真《しゃしん》がちらっと見《み》えた。

心臓《しんぞう》がとくっと動いた。

「あの、パパね」

バタートーストを口に頬張《ほおば》って、別にどうでもいいけどって調子で愛美はたずねた。

「どの馬が勝ったの？」

「馬？」

「うん、昨日《きのう》、ダービー、あったでしょう」

「え？　あっ、そうか」

パパが新聞を広げようとした時、ママがダービーと大きな声をだした。

「ダービーって競馬《けいば》でしょ。なんで、そんなこと知りたがるの？」

愛美は、ゆっくりトーストを飲み込んだ。

「うん……、あの、馬の好きな子がいるの」

「競馬が？　小学五年生で好きなの。へぇ、だあれ？」

ママも、別にどうでもいいけどみたいな調子で聞く。愛美は答えなかった。

「ねぇ、誰《だれ》よ」

「誰って、別に、よく知らないけど……」

嘘《うそ》だった。競馬が好きなのは、篠田楽《しのだらく》くん。五年一組の同級生で、今、同じ班《はん》だ。

この前の席《せき》かえで、初《はじ》めて隣同士になった。

隣の席になって、愛美は今まで知らなかったたくさんのことに気がついた。楽くんの笑った顔がすごくかわいいのに気がついた。一年前まで大阪《おおさか》にいた楽くんの言葉《ことば》が、リズミカルで楽しいのに気がついた。楽くんの髪《かみ》の毛が、細くてさらっとしていて光があたると茶色っぽく見えることに気がついた。それから……馬が大好きなことに気がついた。

一昨日《おととい》の土曜日、帰りのホームルームが終わったとき、楽くんが大きな伸びをして言った。

「さっ、明日《あした》は、日本ダービーや」

それから、なぜか愛美のほうをむいてにこっと笑った。愛美はもっていた給食《きゅうしょく》エプロンの袋《ふくろ》を落としそうになった。

「あっ、えっ、ダービー？」

「うん、日本ダービー。明日なんや。テレビ見なあかん」

「あっ、あの、ダービー好きなんだ」

「うん、むっちゃおもろいで。馬が走るのって。去年のフサイチコンコルドなんか、ほんますごかったんやで、直線《ちょくせん》でダンスインザダークに負けへんかったもんな。関西《かんさい》馬《ば》の根性《こんじょう》やな。タイガースもみならわなあかんて思うたわ」

楽くんの言葉の中でわかったのは、タイガースだけだった。

たしか、野球のチームだったと思うけど。あっ、でも、何か言わなくっちゃ。せっかく、楽くんが話しかけてくれたのに。

ねっ、タイガースって野球のチームだよね。

そう言おうとしたら、西原《にしはら》くんや木戸《きど》くんがサッカーボールを抱えて、割り込んできた。西原くんは「おれは、ついにミラクルシュートを完成《かんせい》させたぞ」なんて、ばかなことを言っている。

後ろ頭をひっぱたいてやりたかった。愛美は黙ってエプロンの袋をランドセルにしまった。三人は、ミラクルシュート、ミラクルシュートと騒ぎながら、教室を出ていった。出ていくとき、楽くんが、ほんじゃと言って手を振ってくれた。

嬉《うれ》しかった。楽くんのほうから、話しかけてくれたし手を振ってくれた。

ダービー、ダービー。明日、テレビを見ればいいんだ。

しかし、日曜日は忙しかった。塾《じゅく》の進学診断模擬《しんがくしんだんもぎ》テストがあった。ピアノの課題《かだい》曲《きょく》の練習《れんしゅう》もあった。ダービーを見るひまがなかった。だから、せめて結果《けっか》だけでも知りたかった。

「おはよう」

おねえちゃんの声とドアの開く音がした。振り向く。

「わぁっ」

愛美は、口の中のレタスを落としそうになった。

おねえちゃんは、夏服だった。

おねえちゃんが四月から通《かよ》っているR《アール》学園高校は、私服《しふく》だ。ものすごく派手だったり、汚《きたな》かったりしなかったら何を着てても文句《もんく》を言われないのだ。おねえちゃんは、たいてい、トレーナーと短めのスカートを着ていた。でも、きょうは夏服。小さなえりの白い半袖《はんそで》ブラウス。えりの縁《ふち》とそでの折《お》り返しは青いチェックのもようだ。同じもようの丸《まる》いボタンがかわいい。スカートも青だった。今日《きょう》の空とよく似ている。いつもは肩《かた》までたらしている髪を頭の上で小さなシニヨンにまとめていた。

わぁって言うぐらい、よく似合《にあ》っていた。すごくきれいに見えた。

「おねえちゃん、かっこいい」

「お妹、サンキュウ」

おねえちゃんが、愛美の肩を軽く抱いた。

「珠美《たまみ》」

ママがおねえちゃんの名前を呼《よ》ぶ。

「うん？」

「そんな服、いつ買ったの？」

「昨日《きのう》」

「昨日、じゃあ……もしかして、直人《なおと》くんに買ってもらったの」

「ブラウスだけね。スカートは自分で買ったの。直人のアルバイト代、全部、使わしちゃうわけにはいかないもんね」

ママの目が、ちらっとパパを見る。パパは、黙ってコーヒーを飲んでいた。

「珠美、あなたね、そんな意味もなく物を買ってもらうなんてことやめなさい。なんだか、すごく嫌よ、友だちにたかってるみたいで」

「意味はあります」

おねえちゃんは、急に背筋《せすじ》を伸ばしてきちんとイスにこしかけ直した。

「誕生日《たんじょうび》プレゼントです」

「誕生日って、五月一日じゃない。とっくに終わったでしょう」

「一か月おくれです。直人、バイト代が入るまで待ってたの」

愛美は、ママとおねえちゃんの顔を見た。ダービーどころではなくなってしまった。

そう思った。ママがため息を吐《つ》いた。

「ブラウスぐらい……買ってあげたのにね」

声が小さくなっていく。おねえちゃんは、また、背筋を伸ばして胸《むね》を張った。白い

ブラウスの胸がきゅっと盛り上がっている。

「うん。でも、わたし直人に買ってもらいたかったの」

パパが立ち上がる。

「さっ時間だ」

ひとりごとみたいに呟《つぶや》いた。

七時二五分。パパは隣の市のY《ワイ》高校につとめている。数学の先生だ。Y高校は、勉強のよくできる人が行く高校で、たくさんの人が有名な大学に進学するのだそうだ。

愛美は、おねえちゃんもY高校に行くのだと思っていた。おねえちゃんはよく勉強ができたし、パパもママもそう言っていたからだ。パパは、よくおねえちゃんに勉強を教えていた。教えるたびに「珠美は、呑《の》み込みが早い。これなら、うちの学校にきてもやれるだろう」なんて、ママに言っていた。ママはたいてい、頷《うなず》いて笑《わら》っていた。

でもおねえちゃんはR学園を選《えら》んだ。

「Y高の制服《せいふく》って、もうどうにもなんないくらいダサイもの。三年間もあの制服着るのやだ」

おねえちゃんは、そう言ってた。でもR学園を選んだ一番の理由は、直人くんだと愛美は思っている。一年上の直人くんは、去年R学園の調理科に入学していた。背は高い。でもニキビができてるし、まゆげももじゃもじゃだし、顔は楽くんのほうがずっとすてきだった。

おねえちゃんがR学園に入ってから、パパは、あまりしゃべらなくなった。ママみたいに「一生にかかわることを制服なんかで決めて」なんて怒《おこ》ったり、悲しんだりはしなかったけど、おねえちゃんとあまり話をしなくなった。そんな気が愛美はする。もちろん、勉強も教えなくなった。前は、愛美にも「わからないとこないか」なんて聞いてたのに、このごろは全然《ぜんぜん》たずねてこない。

「お父《とう》さん」

おねえちゃんに呼びとめられて、パパはドアのところで立ち止まった。

「なんだ？」

「どう、この夏服」

おねえちゃんは、まっすぐパパの顔を見ている。

「いいんじゃないか」

メガネの奥《おく》で瞬《まばた》きを一つして、パパは出ていった。おねえちゃんは、あごをあげて鼻を鳴らした。下唇を軽く噛《か》んだ顔が朝の光をまともに浴びていた。

バス停に直人くんが立っていた。おねえちゃんが早足《はやあし》で近づく。

直人くんは瞬きして、おっと言った。

六月の朝の光は、ダイニングキッチンのガラス戸を透《とお》した時より、もっときらきらしていた。木の葉の上で、緑《みどり》が丘前停留所《おかまえていりゅうじょ》と書かれた丸い標識の上で、干してある洗濯物の上で、おねえちゃんの髪や首筋《くびすじ》の上で光はきらきらしていた。

直人くんも夏服だった。白い半袖のTシャツ。

「行ってきまぁす」

ランドセルを揺らして、おねえちゃんと直人くんの横をすりぬける。直人くんの手が軽く頭をさわった。

「おっ小学生、ファイト」

愛美は足を止め、振り向く。

「高校生もファイト」

光の中で、おねえちゃんと直人くんが同時に笑った。

2　楽くん

五年一組の教室も明るかった。今日みたいな日は、どんなところでも光が届《とど》くみたいだ。教室の隅のゴミ箱まで眩《まぶ》しく見えた。

楽くんは珍しく席に着いていた。漢字《かんじ》ドリルとノートが机《つくえ》の上に出してある。

（あっ、楽くん、宿題《しゅくだい》、忘れたんだ）

宿題を忘れたら、放課後《ほうかご》、バツベンキョウがある。漢字百字か計算問題五十問のどちらかをしなければならない。

うつむいている楽くんの髪は、やっぱりきらきらしていた。木《こ》の葉《は》より、白い洗濯物より、おねえちゃんの首筋より、ずっときらきらしていた。

どきっとした。ちょっとだけでいい、あの髪にさわってみたい。

そう思った。思っただけなのに、心臓がどきっどきっと強く動く。ほっぺたが熱《あつ》くなる。

（あたしって、おかしいのかな）

おかしいのかもしれない。楽くんの髪を見ただけで、こんなになるなんて、おかしいのかもしれない。男の子にさわってみたいなんて思うのって、おかしいのかもしれない。

「おはよう、愛美ちゃん」

背中《せなか》をたたかれた。ともかちゃんだ。相原《あいはら》ともかちゃん。ともかちゃんは、愛美のショートカットの髪をきゅっとひっぱった。

「どうしたの、愛美ちゃん、おかしいよ」

「え、おかしい？」

「うん、なんか変な顔してる。熱《ねつ》、あるの？　赤っぽいもの」

「えっそうかな。熱ないけど、あの」

「じゃ日に焼《や》けたんだ。愛美ちゃん、色白いし、ぷくって顔だから赤くなると変だよ。赤ちゃんみたいだよ」

そう言って、ともかちゃんは笑った。

ともかちゃんは、かわいい。色は白いけど、愛美みたいにぷっくりしてなくて、あごなんかすっと細くなっている。目も二重《ふたえ》で大きい。まつげが長くて、うふっと笑うくせがある。笑うと鼻に少ししわが寄って、かわいい。子犬みたいだ。

愛美は目が一重《ひとえ》で、そんなに大きくないので、うふっと笑うとすごく意地の悪い顔になる。

「ねっ、愛美ちゃん、きょう、『お花ばたけ』行くから付き合って」

ともかちゃんが耳元《みみもと》で囁《ささや》く。「お花ばたけ」は、公園の側《そば》にあるお店の名前だ。いろんな物を売っている。花の模様《もよう》の鉛筆《えんぴつ》だとか匂《にお》い消《け》しゴムだとか、かわいい髪どめとかクッションやガラスの花びんなんかも売っている。アイドルの生《なま》写真やポスターも売っている。

「え？　学校の帰りに買い物するの禁止《きんし》されてるよ」

「平気、平気。もし見つかって、先生に怒られたら、あたしがあやまるから」

愛美が頷くと、ともかちゃんは、サンキュウと言って自分の席に行ってしまった。

ともかちゃんは、強い。ケンカとか意地悪の強さじゃなくて、誰にでも自分の思ってることをはっきり言える強さだ。「それは、ちがうよ」とか「わたしは、こう思う」

ってちゃんと言える強さだ。それに優《やさ》しい。

「ともかちゃんて、いばってるみたいで苦手《にがて》、嫌いだな」って言う人もいるけど、愛美は好きだ。ともかちゃんは、三年生の夏、飼《か》っていた猫《ねこ》のチロスケが死んだ時、「愛美ちゃん、つらいよね」って言ってくれた。お墓《はか》に百円のネコ缶を供えてくれた。

確《たし》かにいばっているところもあるけど、優しい。

（ともかちゃんに、楽くんのこと話したら、どう言うかな）

ちらっと思った。

楽くんが顔をあげた。

「あぁ、間にあった」

と言って伸《の》びをして、横を向いた。目が合った。

「あっ、折田《おりた》、おはよう」

楽くんが微笑《ほほえ》む。心臓がまた、どくんと鳴る。沈めようとして息を吞み込んだら、よけい胸が苦しくなった。言葉が出ない。楽くんがたずねるみたいに、首をひねった。

（なにか言わなくっちゃ）

新聞の馬の写真が、ちらっと頭の中を過《よぎ》る。

「あの、馬」

「え？」

「えっ、あの、あのね、馬。あっ、昨日ダービーあったよね」

「うん、折田も見た？　かっこよかったやろ」

愛美は、あわてて首を横に振った。楽くんには絶対《ぜったい》、嘘はつきたくなかった。

「見てない。見られなかった」

「あっ、ほんまに？　残念《ざんねん》やな」

楽くんは、机の上の漢字ドリルを片付け始めた。

「あの、あの、どの馬が勝ったの？」

上手に質問《しつもん》ができた。身体《からだ》の力がぬけた。愛美がイスに座ると、楽くんはまた笑って、

「サニーブライアン」

と、答えてくれた。

サニーブライアン。かっこいい名前だと思った。

「かっこいいね。あっ、名前」

「うん、かっこええで。だいたい、サニーブライアンは、逃《に》げ馬なんや」

「逃げ馬？　逃げるって……」

楽くんが、考えるように首をかしげる。

「うんと、スタートから飛《と》び出して、そのまま走って、走って、ゴールに飛び込んじゃう馬なんや。二着《にちゃく》になったシルクジャスティスはな、追い込みの馬で、後《あと》から追いかけてぬく走りをするんやけど」

「あっ、それじゃ、木戸くんみたいなんだ」

木戸くんはクラスで一番、足が速《はや》い。わぁって言う間に飛び出して、みんなを引き離してゴールする。春の運動会では、ゴール前の直線で転《ころ》んで、ひざこぞうが血《ち》だらけになった。

「あっ、そうそう。木戸みたいなのが逃げ馬。最初から飛ばすから、どうしても息がきれるんや。ダービーは二四〇〇走るから、逃げ馬には不利《ふり》って言われてて、サニーブライアンなんか、だから六番人気やったもん」

「二四〇〇メートル？　そんなに走るの。すごいね」

「すごいやろ。だからかっこええんや、サニーブライアン、二四〇〇を堂々《どうどう》と走ったもんな。木戸みたいに、転ばんかったやろ」

木戸が、斜《なな》め前の席から振り返った。

「なんか、おれの話、した？」

楽くんが、くすっと笑って愛美を見た。すごく大人《おとな》っぽく見えた。サニーブライアンにお礼が言いたかった。

おかげで、楽くんと、いっぱいおしゃべりできたよ、ありがとう。

3 手紙

「お花ばたけ」は、小学校から歩いて五分ぐらいだ。校門を出て、坂道をおりたら最初の四つ角《かど》を右に行く。左にまっすぐ行くと愛美の家。右に行ってまた、右に曲がるとともかちゃんの家がある。楽くんの家は、四つ角をまっすぐに行くらしい。くわしくは、知らなかった。

緑が丘市立《しりつ》図書館に続く公園とスーパー「キングサン」に、「お花ばたけ」は、はさまれている。薄緑《うす》の壁《かべ》の色をした、小さいけれどきれいなお店だった。

お店に入ろうとした時、女の子が四人出てきた。みんな、六年生だ。横いっぱいに並んで、きゃあきゃあ笑っている。一番背の高い子が、愛美にぶつかった。愛美がよろける。

「あぶないなぁ」

ともかちゃんが大きな声を出した。

「ちゃんとあやまってよ」

女の子は、ともかちゃんを見おろして、

「なによ、あんたたち。ランドセル背負ったままじゃないの。学校の帰りに、寄《よ》り道してもいいと思ってるの」

と言った。六年生たちは、ランドセルも手さげももっていない。みんな背が高くて、怒ったような顔をしていた。

「そんなの勝手《かって》でしょ。ぶつかっといて、あやまらないほうがずっと悪《わる》いよ」

ともかちゃんは、あごをあげて女の子の顔を睨《にら》んでいる。

「なあに、ちょう生意気」

六年生がともかちゃんのほうへ一歩近づいてくる。愛美は、ともかちゃんの腕《うで》をひっぱって店の中に入った。

「ともかちゃん、ケンカしないでよ」

と、囁《ささや》く。ともかちゃんは愛美の顔を見て、鼻を鳴らした。

「ぶつかってきて、あやまらなかったの向こうでしょ。ケンカじゃないよ。悪いこと悪いって言っただけだもん」

そりゃあそうだけどと、愛美は下を向く。ともかちゃんはさっさと、お店の一番奥に歩いていった。

「お花ばたけ」の中は、きれいだ。消しゴム、イヤリング、せっけん、ハンカチ……ガラスの棚《たな》やテーブルの上に、かわいい小物がいっぱい置《お》いてある。一番奥は、便せ《びん》んと封筒《ふうとう》のコーナーだった。いろんな色や絵があふれて、ぱっと見たら絵本を並べているみたいに見える。

「さあ、どれにしようかな」

ともかちゃんが、急ににこにこ顔になる。

「ともかちゃん、手紙書くの？」

ともかちゃんは、黄色いチューリップの絵の便せんをもって頷いた。

「そうだよ。ラブレター書くの」

「ラブ、レター」

ラブとレターの間で一息、ついてしまった。

「ラブレターって、あの好きですとか書くやつ？」

「そうだよ。愛美ちゃん、知らなかったの？」

「え？　なにを」

「今、ラブレター書くの、はやりなんだよ。好きな子に電話やメールで告白《こくはく》なんて、もう古いんだよ。お気に入りの便せんや封筒選んでね、好きな子専用《せんよう》のやつ。それで手紙出すの。女の子同士でもやってるよ、仲良《なかよ》しレターっていうの。交換日記《こうかんにっき》のかわりみたいなの。でも、あんまりおもしろくないみたいだよ。わたしもちょっとだけ香《か》絵《え》ちゃんたちとしたけど、どきどきしないもん」

ともかちゃんは、チューリップの便せんを棚に返した。

「仲良しレターって、みんなおんなじこと書くんだもの。誰がむかつくとか。アイドルは誰が好き？　とか。全然、どきどきしないの」

「それで、ラブレター書くの？」

ともかちゃんがさっきより大きく頷いた。

「うん。ほんとはね、愛美ちゃん。わたし、昨日、急にラブレター書こうと思ったんだ。なんでだか、よくわかんないけど、木戸くんにラブレター書いたらどきどきするかなって……、あっ」

ともかちゃんが口を押《お》さえる。

「あっ、ないしょだよ、愛美ちゃん、ないしょ」

今度は、愛美が頷く。なんだか少しおかしかった。

「ともかちゃん、木戸くんのこと好きなんだ」

「うーん、好きかどうか、よくわかんないけど。木戸くん、春の運動会の時、転んだでしょう」

「うん」

「でも、すぐ立ち上がって、走ったじゃない。血がいっぱい出てたのにね。あの時、かっこいいなあって思ったの。それで、昨日、かっこいいなぁって思ったこと思い出して、手紙、書くことにしたの」

「そうかぁ、木戸くんてね、逃げ馬なんだよ」

「え？」

ともかちゃんの口がぽかんと開く。愛美は楽くんがしたみたいに、肩をあげてくすっと笑ってみた。

ともかちゃんは、二〇分くらい悩んで、青い便せんと封筒のレターセットを選んだ。下の隅にヤドカリとヒトデの絵が描《か》いてある。ヤドカリの貝は白い水玉模様だった。

「ねっ、このイルカの模様のよりヤドカリのほうがかわいいよね」

「うん、こっちのほうがかわいい」

愛美がそう言うと、ともかちゃんは、胸にレターセットを抱えてにこっと笑った。すごく嬉しそうな笑顔《えがお》だった。

「ねっ、愛美ちゃんは買わない？」

「え？」

「愛美ちゃんは、手紙誰かに書いたりしない？」

楽くんの顔がうかぶ。朝の光の中で、笑ってた顔だ。

あっ、書きたい。頰のところが、きゅっとひきしまるぐらい強く思った。

「ラブレターでなくてもいいんだよ。あっ、わたしと仲良しレターしてみる？」

愛美は、頭を横に振った。

楽くんに書きたい。楽くんにだけ書いてみたい。

愛美は、棚の一番上にある便せんを手にとった。さっきから、気になっていた便せんだった。

白い紙で右隅に金色のふちどりで、走る馬が描いてある。馬のふちどりだけで、目も口も書いてなかった。でも、たてがみが後ろになびいて、「あっ、この馬、全力で走ってるんだ」とわかった。

この便せんで、楽くんにラブレターを書きたい。

「ともかちゃん、あの」

「愛美ちゃん」

愛美とともかちゃんの声が重なった。ともかちゃんが、目をぱちぱちさせて、「はい」と返事してくれた。

「あの、あのね、わたし、この便せん、ほしいけどお金もってないの。ともかちゃん、貸《か》してくれる？」

「いいよ。わたし、きのう、おばあちゃんからママにないしょのお小遣いもらったの。好きに使っていいよって二〇〇〇円」

「二〇〇〇円。すごい」

「うん、だから貸してあげるよ」

「お小遣い、もらったら返すから。それまで、貸してくれる？」

「いいよ。愛美ちゃんなら、ちゃんと返してくれるから、貸してあげる。でも、愛美ちゃん、馬ならこっちのほうがかわいいんじゃない」

ともかちゃんは、馬がニンジン模様のエプロンをしてフライパンをもっている絵のレターセットを差《さ》し出した。

馬はタテガミにニンジン模様のリボンをしている。

かわいいと思ったけれど、楽くんには似合わないとも思った。

「いいの、これがいい」

「ふーん、地味好きなんだ」

ともかちゃんは、愛美の抱えた便せんをちらっと見て、でもなんかかっこいいよねと言った。

4　キス

『楽くんへ』と書いて消した。『篠田くんへ』と書き直した。楽くんへと篠田くんへとでは、全然感じがちがう。もう一度書き直そうとしたら、便せんが破れた。丁寧《ていねい》に四つに折って、ゴミ箱に捨てた。

『楽くんへ。

楽くん、きょうは、話しかけてくれてありがとう。とてもうれしかったです。ダービーのことよく知らなくてごめんなさい。家に帰って、新聞を読みました。ダービーって第六四回日本ダービーというのですね。馬の名前がみんなカタカナでおもしろくて、きれいだと思いました』

この後、どう書こうか。シャープペンシルを握り締める。息を大きく一つ、吐く。便せんの下で、馬が動いたような気がした。

『走っている馬って、そんなにかっこいいですか。見てみたいです。見たら、わたしも好きになれると思います』

好きと書く時、ちょっとどきっとした。もう一度、息を吐く。ゆっくり力を入れて書いた。

『また、馬の話、教えてください。たくさん教えてほしいです。それから、楽くんは』

「愛美、ピアノの時間よ」

ママの声がした。時計を見る。四時四〇分。もう、こんな時間かとびっくりした。シャープペンを離すと、手のひらに汗をかいていた。ほんとに、一生懸命《いっしょうけんめい》書いてたんだなあと、自分で自分がおかしかった。四時四〇分までかかって、一生懸命書いたのに、ほんとに書きたいことは、まだ何も書いていない気がした。

（もし、ちゃんと書いても楽くんに渡せるのかな）

ふっと思った。「これ、読んでください」なんて、渡すのだろうか。楽くんが、びっくりして恥《は》ずかしくて、怒ったりしたらどうしよう。

（ほんとに、楽くんに渡せるのかなぁ）

自信《じしん》はなかった。勇気《ゆうき》もなかった。

「愛美、早くしないとピアノ教室、遅れるわよ」

ママの声が大きくなる。

愛美は、便せんを引き出しの奥にしまって、立ち上がった。

ラブレターのことが気になって、ピアノはめちゃめちゃだった。ちゃんと練習していったのに指が動かなかった。先生に怒られて、いつもより一五分もよけいに練習させられた。

帰り道は、夕焼《ゆうや》けだった。ほんのり赤い空と屋根《やね》の間をカラスが何羽《なんわ》も飛んでいた。

『楽くん、夕焼けがきれいでしたね。見ましたか。わたしは朝より夕方が好きです。

みんな、ちょっとつかれているけど、やさしいみたいな感じがするからです。楽くんは、どうですか』

楽くんに伝《つた》えたいことがうかぶ。不思議《ふしぎ》な気持ちだった。夕焼けの温かさが胸に染みてくるみたいな気持ちだった。

駆け足で家まで帰った。お腹《なか》がすいていた。きょうは、ママがエビカレーを作るといっていた。大好きだ。肉《にく》のカレーより、甘《あま》くてあっさりしている。

『楽くん、晩《ばん》のごはんは、なんでしたか。うちは、エビカレーです。エビを入れて作ります。セロリとかマッシュルームとかも入れます。ほんとは、シュリンプカレーとかいうのだそうです。でも、わたしは簡単《かんたん》にエビカレーとよびます。おいしいです。ふつうのカレーより、作るのがむつかしくて、わたしは、まだ、作れません。でも、六年生になるまでには、ちゃんと作れるようになるつもりです。楽くんは、エビカレーを食べたことありますか。食べたいですか』

『エビカレーを食べたことありますか。食べたいですか』は、ちょっと変かなと思った。そこを消して……なんて書こう。

『楽くん、楽くんはカレーは、好きですか』

文がうかぶ。そうそうこれでいい。

楽しいと感じた。なんだか、すごく楽しい。

ともかちゃんと、「お花ばたけ」に行ってよかった。ラブレター書くことにして、よかった。

愛美は、足を止めた。家の前だった。

愛美の家は、まだ新しい。周りの家も新しい。緑が丘団地《だんち》は四、五年前はトウモロコシや野菜《やさい》の畑《はたけ》だったところをつぶして、住宅地《じゅうたくち》にしたところだ。よく似た家が何軒もある。壁の色も家の大きさも形もほとんど同じだ。

引《ひ》っ越《こ》してすぐ、ママは、庭のフェンスにそってつるばらを植えた。夏の初め、小さな黄色い花をびっしりとつける。花が咲《さ》く時期だけは、他《ほか》の家と、全然ちがう感じの家になる。

愛美は立ち止まり、電信柱《でんしんばしら》の陰に、身体を半分隠した。

つるばらのフェンスの下に、おねえちゃんと直人くんがいた。向かい合って立っていた。

直人くんは、おねえちゃんより頭一つ分ぐらい、背が高い。おねえちゃんは、あごをあげて、首筋をのばして、直人くんを見ていた。口が動いた。何か言ったようだけど愛美には、聞こえなかった。

周りには誰もいなかった。空をカラスが飛んでいるだけだ。おねえちゃんの頭の上にばらの花が塊になって咲いていた。おねえちゃんは、花の王冠《おうかん》をかぶっているように見えた。

「珠美」

直人くんが、おねえちゃんの名前を呼んだ。はっきりと聞こえた。おねえちゃんが、背筋をきゅっと伸ばしたのがわかる。シニヨンからこぼれた髪が揺れていた。つるばらの花も揺れていた。風がでてきたのだ。

せまい道をはさんだだけで、愛美が立っているのに二人《ふたり》とも気がつかない。直人くんの手が伸びて、おねえちゃんの指を握った。

(もうすぐ、パパ、帰ってくるんじゃないかな)

心臓がきゅっと痛くなる。それから、どきどき、すごく早く動き始めた。犬の鳴き声がする。

隣の岩瀬《いわせ》のおばさんが、犬のフランとドルを連れて散歩する時間かもしれない。夕刊《ゆうかん》をくばるおじさんだって、もうすぐ来るかもしれない。周りを見回したかったけど、おねえちゃんと直人くんから目を離《はな》せなかった。フランとドルの声がうるさかった。

直人くんがおねえちゃんのほうに少し、かがみ込んだ。おねえちゃんが瞬きする。

直人くんが、また少しかがみ込む。

「あ」

愛美は、レッスンバッグを握り締めた。

おねえちゃんは、あごをあげたまま、直人くんの唇を受け止めた。

二人とも、目を閉《と》じているように見えるのに、どうして唇のあるところがわかるんだろう。とても不思議だった。

風がまた、吹いた。さっきより、少し強い風だった。ばらの花や葉がざわっとゆれた。花の間から、キアゲハが飛び立った。直人くんの指は、いつのまにかおねえちゃんの肘《ひじ》を握っていた。いつもの直人くんより、足も手も長く見える。

(直人くん、何回も、練習したのかな)

『楽くん、キスって練習したら上手《じょうず》になるのでしょうか。それとも、高校生ぐらいになったら、練習しなくても上手なのでしょうか』

まさか、こんなことは書けない。愛美は、頭を振った。カレーの匂いがした。エビカレーの匂い。

心臓は苦しいほど早く動いているのに、お腹が鳴った。ぐるうって、すごく変な音だった。お腹の中が、ぐりんて動いたのがわかる。あわてて押さえようとしたら、レッスンバッグから指がはずれた。

ガッチャーンと派手な音がした。今日は、和音《わおん》の聞き取りテストがあったので、カンペンを入れていたのだ。

おねえちゃんと直人くんが、同時に、愛美を見た。バッグを拾いあげて、愛美は、なぜかおじぎをしてしまった。

「愛美」

おねえちゃんが手招《てまね》きをする。頰が赤くなっていた。夕日を浴びて、ブラウスも赤い。つるばらの下で、ほんのり赤いおねえちゃんは、すごくきれいに見えた。カレーライスのニンジンが嫌いだと文句を言ったり、おふろで歌を歌ったり、愛美と足相撲《あしずもう》をするおねえちゃんとは、ちがう人のようだった。

レッスンバッグを抱えて、愛美は、おねえちゃんの側《そば》に行った。

「じゃあ」

直人くんが手をあげる。

「うん」

おねえちゃんが頷く。

「小学生、バイバイ」

愛美の頭を軽《かる》くたたいて、直人くんは歩きだした。おねえちゃんは、直人くんの背中を見ている。泣《な》きそうな目だった。

「おねえちゃん……ごめん」

「え？」

おねえちゃんは、愛美のほうを覗《のぞ》き込むように首をかしげた。

「なんで、愛美、あやまるの？」

「だって、わたし、バッグ落としちゃったから……あの、今日、カンペン入れてたの。それで、大きな音がしたし……直人くん、怒っちゃったかな」

おねえちゃんは、笑って頭を横に振った。それから、愛美の肩をきゅっと抱いた。

「愛美のこと怒るようなやつ、好きになったりしないよ。おねえさまのこと、信用《しんよう》しなさい。直人、怒ってないよ……ちょっと、照れちゃったんだよ」

「そうか、よかった」

「あたりまえ。愛美は、少しあちこち、気をつかいすぎですな」

おねえちゃんのものの言い方が、きゅうに真面目《まじめ》になった。

「そういうのね、愛美、あんまりいいことないよ、きっと。疲れちゃうよ」

だってと、愛美はおねえちゃんを見上げた。

「だって、おねえちゃん、泣きそうに見えたもの。あの、直人くんが帰るの見てた時だよ。それで……」

愛美の肩を抱いたおねえちゃんの指に力が入る。さっき、直人くんが握った指だ。

「そっか、そんな顔してたか。でも、それ、愛美のせいじゃない。全然、関係《かんけい》ないよ。直人とさよならするじゃない。それで、その背中なんか見てると、すごくつらくなるの。いつもそうだもの」

おねえちゃんは、ぼんやりした目で夕焼けとカラスの群《む》れを見ていた。

「なんか、もう会えないみたいな気がするの。このまま、会えないんじゃないかなって。なんでだろう。次の朝、直人の顔、見るまで不安《ふあん》。だから、朝ね、バス停で直人をみつけた時、すごく嬉しいよ。おかしいでしょう。でも、しかたないよね。自分では、どうしようもないもの」

「キスしても？」

「え？」

「キスしても不安？」

おねえちゃんの指が肩から離れた。愛美の前髪をかきあげる。ひんやりと冷《つめ》たい指だった。おねえちゃんは、愛美の目をみつめて、ゆっくり頷いた。

「うん、愛美、キスしても不安だよ。でも、でもね、キスすると、なんかねガンバロウって気になるんだよ。あしたの朝までがんばるぞってね」

「ファイトのキスだね」

「あぁそうだ。そうそう、ファイトのキス。ファイト、ファイト」

ファイトの後、おねえちゃんはＳＭＡＰの曲をハミングした。
「青い稲妻《いなずま》」だった。

『楽くん、だれかを好きになると夕方より、朝のほうが好きになるみたいです。夕方は、さよならするけど、朝は会えるからだそうです。ほんとにそうだなって思いました。楽くんは、どうですか。

それから、すごく古いけど、わたし、ＳＭＡＰの『青い稲妻』とＺＡＲＤ《ザード》の『心開いて』が、ピアノでひけます。片手《かたて》でだけど『セロリ』もひけます。楽くんは、どんな曲が好きですか』

何時間かかっても、何日かかっても、書きたいことは、全部書こう。そうしよう。
心がわくっとした。お乳のあたりが温かくなった。

カレーを食べようとした時、電話が鳴った。パパからだった。会議《かいぎ》で遅くなるという電話だった。

「進学指導《しんがくしどう》の会議なのよ。パパも大変《たいへん》よね」

ママがそう言って、パパの分のお皿《さら》を片付けた。

「生徒《せいと》も大変だよね」

おねえちゃんがスプーンを手の中で回した。

「そりゃあそうよ。一生のことだもの。みんな必死《ひっし》でしょうよ。パパのぶんのサラダ、珠美、食べる?」

ママが差し出したグリーンサラダをちらっと見てから、おねえちゃんは、

「ママ」

と言った。おねえちゃんがママのこと、そんなふうに呼ぶのを愛美はひさしぶりに聞いた。

いつのころからか、おねえちゃんは、ママやパパのことをお父さん、お母《かあ》さんと呼ぶようになっていた。このごろは、自分から呼びかけたり、話しかけたりもあんまりしないみたいだ。お母さんとかお父さんとか言う時、おねえちゃんの口元は、きゅっとしまってきつくなる。

でも、きょうはママだ。声の調子も柔らかく聞こえた。

(キスのこと話すのかな)

口の中のエビを嚙み締めて、愛美はおねえちゃんとママを見ていた。

「なあに?」

と、ママが答える。

「あのね、直人も大変なんだよ」

「え?」

「うん、あのね、調理科もね、二年生の二学期からコース別《べつ》に分かれるの」

「コースって、文系《ぶんけい》とか理系とか……あっ、まさかね」

「調理科で文系や理系に分かれるわけないでしょ。もう、ママったら天然《てんねん》ボケしないで」

おねえちゃんが笑う。ママもちょっとだけ笑った。

「直人はね、お菓子《かし》のほうに進みたいって思ってるみたい。洋《よう》菓子、まだ悩《なや》んでるけどね」

「ふーん、それで」

おねえちゃんが黙る。愛美は、口の中のエビを飲み込んだ。よく嚙まなかったので、喉《のど》にひっかかりそうになった。

「それだけ。なんかさ、大変なんだよ。いろんなこと選ばなくちゃいけなくて。わたしもそうだけど……」

ママの喉がもぞっと動く。何か言いかけて、言いかけた言葉を呑み込んだみたいだ。

「選ぶのって、大変なの？」

愛美が言うと、おねえちゃんが頷く。

「大変だと思う。自分で考えて何かを選ぶのって、すごく大変だなって、思うことあるよ」

愛美は考える。今日、ともかちゃんは、便せんを選んだ。ヤドカリのやつ。その前にヤドカリにするかイルカの絵にするか、ずいぶん悩んでいた。あれも、自分で考えて選ぼうとしたから、大変だったんだ。

「あのね、ともかちゃんも選んだの。ヤドカリの絵のレターセット。ずいぶん、悩んでたけどね、でも、選んだ後は、すごく嬉しそうだったよ」

「なんか、珠美の話とは、次元《じげん》がちがうわねぇ」

ママが吹き出す。

電話のベルが鳴った。ママが笑い顔のまま、受話器《じゅわき》をとる。

「はい、折田です。はい？　高校生の娘《むすめ》？　はぁ、長女は高校生ですけど……はっ、えっ、はぁ……はい、まぁ……」

ママの息を吸い込む音がはっきりと聞こえた。おねえちゃんの眉《まゆ》が寄る。カレーをすくっていた手が止まった。

「あの、失礼《しつれい》ですがどちらさまですか、お名前を……えっ、ですから……、もしもし、もしもし」

ママの声だけが響く。ママはゆっくりと受話器を置いた。振り向く。

「珠美」

おねえちゃんは、スプーンを置いてママのほうを向いた。

「あんた、さっき、家の前で直人くんと……その、キスしてたって……ほんとなの？」

おねえちゃんは、あっさり頷いた。「カレー、おかわりする？」と聞かれて「うん、いただきまぁす」と答えたみたいな頷き方だった。

ママがイスに座る。

「なんてことを、自分がなにしたかわかってるの」

「キスした」

「珠美、あんた、高校生なのよ。まだ明るいうちから、家の前で……恥ずかしいと思わなかったの」

「暗いとこでやるよりいいと思った」

「いやらしい」

ママが、目をつぶる。ため息を吐く。

「電話の人も言ってたわよ。教育者の娘さんがあんなことしていいんですか。ちゃんと、躾《しつけ》をしてくださいですって」

「誰よ？」

「え？」

「電話、誰からだったの」

「わかんないわよ。女の人だったけど、名前言わないし……そんなこと、関係ないでしょ。誰が電話かけてきたって、そんなことどうでもいいの。その人の言ってることが本当なら……」

「どうでもよくないよ」

おねえちゃんが、立ち上がる。

「自分の名前も言えないようなやつの言うことなんか、ほんとうなわけないじゃない」

「だって、あんた、さっき言ったじゃない」

「キスはしました。でも、どっかのおばさんにぐちゃぐちゃ言われるようなキスじゃないよ。言ってやればよかったのよ。他人の娘のこと言う前に、名前を名乗るぐらいの躾を自分にしろって、言ってやればよかったんだ」

おねえちゃんの息が荒《あら》くなる。目が怖いくらい光っていた。闇の中で見たら、きれいな緑色に光ってるんじゃないかと愛美は思った。

「わたし、そんなやつ絶対《ぜったい》、許さない。自分は、全然傷《きず》つかないとこにいて、他人のこと傷つけようとするやつなんか、ばかだよ」

ふっとおねえちゃんが目をふせる。だからと、言葉がもれた。

「だから、ママも気にしないでよ。そんなやつの電話にかりかりしないでよ」

「かりかりなんかしてません。心配してるのよ。若《わか》い男と女がキスまでして、その後、どうなるの。キスだけですむの。珠美、なんかあって困《こま》るのは、あんたでしょ」

「困ったりしないよ。先のことなんか、わかんないけど……でも、直人を好きなのはわたしだから。だから……」

ママがおねえちゃんを見上げる。

「だから、なんなのよ、珠美。あのね、直人くんがどう思ってるかわからないけど、まだ高校生でしょ。そういうことに一番興味《きょうみ》がある時じゃないの。それをね」

直人くんを思い出す。つるばらの下でおねえちゃんに向かい合っていた直人くんの顔が、はっきりうかんだ。愛美は、こくっとつばを飲み込んだ。

「直人くん、すごい一生懸命《いっしょうけんめい》だったよ」

ママとおねえちゃんが同時に、愛美のほうを向く。愛美がいたことを完全《かんぜん》に忘れてた顔だ。

「あのね、直人くん、すごく真面目だったよ。真面目にキスしてたよ。いっつもより、かっこよく見えたもん。全然、やらしくなかったよ」

ママの口が二回、ぱくぱくって動いた。鼻がぴくっと動いた。

「愛美……、あんた見てたの」

「うん」

ママの目が、愛美とおねえちゃんをかわりばんこに見た。

「あんたたちときたら……」

ママは大きな音をさせて、イスに座り直した。目の前のお皿に山もりのごはんとカレーをよそった。それから、すごい勢《いきお》いで食べ始めた。麦茶も飲んだ。パパのサラダもドレッシングをたっぷりかけて食べた。妖怪物語《ようかいものがたり》に出てくる二口女みたいだった。

愛美は、何だか恐くなった。

「ママ」

と呼んだけど、返事はなかった。

「太っちゃうよ。9号サイズのスカート、はけなくなるよ」

おねえちゃんもそう言ったけど、やっぱり返事はなかった。

サラダもカレーも野菜スープもきれいに食べて、ママはふんと鼻を鳴らした。

「二人《ふたり》で、後片付《かたづ》けしといてちょうだい。床《ゆか》もふいといて。わたしは、おふろ入って寝《ね》ます」

ママは立ち上がり、胸を押さえた。

「はきそうだわ」

「だいじょうぶ？」

「だいじょうぶなわけないでしょ。頭がごちゃごちゃしてると食べたくなるのよ。まったく、もう頭、ぐちゃぐちゃよ」

ママがふらふらしながら出て行く。

愛美とおねえちゃんは顔を見合わせた。おねえちゃんの手が伸びて、愛美を抱いた。顔がちょうどお乳のところだった。きゅっと固くて、でも柔らかくて、顔を埋《うず》めると気持ちがよかった。微《かす》かに、ばらの匂いがした。

「サンキュー、愛美、助けてくれて」

「助けてないよ」

「助けてくれた。直人が一生懸命キスしてたなんて言われて、嬉しかったよ。なんかエネルギー満《まん》タンて感じになった」

「エネルギーいるんだ」

「いるよ。今日みたいなことあると、エネルギー使うもの」

『楽くん、人を好きになるって、すごくエネルギーがいるみたいです。一生懸命好きになったらエネルギーがいるのです。馬が、二四〇〇メートル、全力で走るのとどっちがたいへんでしょうか。こんなこと考えるのおかしいですか。でもわたしは考えてしまいました』

5　トラブルメーカー

次の日の朝、ママの気分はまだ治らなかった。パジャマの恰好で、髪の毛をぼさぼさにして起きてきて、

「朝ご飯《はん》なんか、食べる気も、作る気もしません」

と言って、また、寝室《しんしつ》に引っ込んでしまった。

おねえちゃんが、なぜかはりきって卵焼《たまごや》きとかサラダを作ってくれたけど、まずかった。

「母さんは、どうしたんだ。何かあったのか？」

焦げて硬くなった卵焼きをつっついて、パパが愛美にたずねた。

「わかんないけど、昨日、食べすぎたんだと思う」

「食べすぎって、なんで食べすぎたんだ？」

パパが眉をひそめる。ゆっくり一言《ひとこと》、一言、区切るようなしゃべりかただ。愛美は、パパのこんな言い方が苦手だった。知っていることを全部言わないと、許さないぞっておどされてる気がする。下を向いて、卵焼きを頬張った。

「おまえたち、また、母さんに心配かけるようなことしたんじゃないのか？　どうなんだ？」

「おまえたちって、主《おも》にわたしを指してのことですか、先生」

おねえちゃんが、パパの前にコーヒーカップを置いた。

「家の中でまで、先生しないでよ。愛美は関係ないんだから。トラブルメーカーは、わたくし折田珠美です」

おねえちゃんは、気をつけの恰好《かっこう》をすると警察官《けいさつかん》みたいに、敬礼《けいれい》をした。

「トラブルって、どういうことだ？　珠美……」

「折田先生、そんなことより、もう一皿、卵焼き食べてよ。せっかく作ったのに、あまってるもの」

パパは、えっと絶句したままお皿の卵焼きを見つめた。黒目がうろうろっとしたのがわかる。

「ごちそうさま」

愛美は、あわてて立ち上がった。これ以上《いじょう》、おねえちゃんの卵焼きを食べるのは無《む》理《り》だ。

「行ってきます」

「愛美」

おねえちゃんが愛美を呼び止めた。

「直人に伝言《でんごん》。少し遅くなるって、頼みまぁす」

「直人くんに……」

なんだか、直人くんと顔を合わせるのは、恥ずかしいような気がする。おねえちゃんがにやっと笑った。それから、すごく上手に口笛を吹いた。愛美の知らない曲だったけれど、聞いているだけで楽しくなるような軽やかなリズムだった。

バス停に直人くんは立っていた。今日は白いカッターシャツだ。

「おっ小学生、がんば」

愛美が近づくと、笑って手を振った。いつもと同じ笑い顔で同じものの言い方だった。

「あの、おねえちゃん、ちょっと遅くなるって。今日ね、朝ごはん作ったりして忙しかったの」

伝言を早口で言う。直人くんはかがみ込むようにして、愛美を見ていた。時どき、眩しいのか瞬きしていた。

（あっ楽くん）

と思った。楽くんもこんなふうに話を聞いてくれる。愛美の目を見て、一生懸命聞いてくれる。そう思った。

いいかげんに頷いたり、茶化したり、途中で横を向いたりしない。愛美の言葉を丁寧に聞いてくれる。とても気持ちがいい。

直人くんと楽くんがどこかちょっと似ていると感じた。おねえちゃんが、直人くんを好きになった気持ちがわかった。そして、楽くんがとっても好きだなとも思った。

背筋がしゃんとした。自分の中に、まっすぐな強い芯《しん》がある。やっぱり背筋がしゃんとする。おねえちゃんが直人くんといる時、いつも引き締まってきれいに見える理由がわかった。

「直人くん」

愛美は、直人くんの顔を見上げた。

「うん？」

「おねえちゃんね、卵焼き、すごく下手《へた》だよ。知ってた？」

「知ってる」

直人くんがあごの下を指で掻《か》いた。

「今度、すごくうまい卵焼き、食わしてやろうか。得意《とくい》だぜ。おれちゃんとダシとって、ふんわり焼くんだ」

「うん、約束《やくそく》。じゃあ、行ってきます」

「小学生、ファイト」

昨日と同じ、夏の初めの光の中を、愛美は走った。ランドセルがカタカタと鳴る。ふで箱とノートと教科書が入っている。楽くんへの手紙は、まだ、机の引き出しの中だ。書きたいことが、いっぱいあって、まとまらなくて、今日にまにあわなかった。

でも、明日は、明日はちゃんと楽くんに手渡したい。

『楽くん、わたしは、楽くんのことに気がつきました。楽くんが、わたしだけではないかもしれないけど、人の話をいっしょうけんめいに聞いてくれることです。それは、とても気持ちのいいことなのですね。それは、楽くんの良《よ》いところなのですね。話をちゃんと聞いてもらえたら、気持ちのいいことなのです。とてもだいじにされているというか、そんな気持ちがします。

楽くんは、自分のよいところに、気がついていますか。馬のことばかりじゃなくて、自分のことも考えてみてください。

楽くん、わたしは……』

「折田さん」

くつ箱のところで、名前を呼ばれた。振り向いたら、担任《たんにん》の石橋《いしばし》先生が職員室《しょくいんしつ》の窓《まど》から手招きをしていた。

「ちょうどよかった。ちょっと来てちょうだい」

ひやっとした。石橋先生の声がひやっと冷たかったからだ。石橋先生は、太った女の先生で、音楽が得意だ。音楽の時間、きれいな声でいろんな歌をうたってくれる。

優しい時は優しいけど、怒る時はすごく怒る。機嫌が良かったり悪かったり、日によってすごく変《か》わる。「石橋予報《よほう》、今日は晴天《せいてん》ね」とか「今日は、大荒《おおあ》れだよ。注意《ちゅうい》、注意」とか、みんな言っている。声の調子なんかもずいぶんちがう。今日は荒れ模様のようだ。声も顔つきも厳しかった。嫌な予感《よかん》がした。

職員室なんて、入るだけでもどきどきする。いろんな先生が、じろっと見たり、「おはよう」と言ったり、黙ってお茶を飲んでたりする。教室や廊下で会う先生たちとはちがって、少し怖い。

石橋先生の机は窓際《まどぎわ》にあった。窓からの光を背中にうけて、ともかちゃんが立っていた。下を向いていた。石橋先生の机の上には青色のあじさいが、一本、ガラスの花びんにいけてあった。

「今ね、折田さんを呼びに行こうと思ってたのよ」

愛美がともかちゃんの横に立つと、石橋先生が早口でそう言った。

機嫌の悪い時、石橋先生は早口になるのだ。

「単刀 直入《たんとうちょくにゅう》に言います。あっ単刀直入って意味わかる？　だいじなことをずばり言うってことよ。折田さん」

「はい」

「昨日、学校の帰りに『お花ばたけ』に寄りましたね」

あっと思った。やっぱりばれちゃったと思った。昨日の六年生の顔がちらっとうかんだ。でも、それだけだった。職員室に入ってきた時みたいに、どきどきはしなかった。だから、先生の顔を見て、

「はい」

と、返事した。先生の丸い顔の中で、目が瞬いた。

「はいって……折田さん、学校の帰りに寄り道してはだめでしょう。まして、お買い物なんかしたらだめよ。学校にお金もってきてたの？」

「お金、わたしがもってきたの、先生。愛美ちゃんに貸してあげました。わたしが、愛美ちゃんについてきてって頼んだから、貸してあげたの」

ともかちゃんが言った。あごをあげて、小さい声で言った。

「相原さん、ひとに貸してあげるほど、たくさんお金もってきてたの」

ともかちゃんが頷く。先生はまあと言って、また目を瞬かせた。

「相原さん、あなたね、五年生にもなって良いことと悪いこととの区別がつかないの。学校は、不必要《ふひつよう》なお金をもってくるところではないでしょ。買い物がしたかったら、一度、家に帰ってからにしなさい」

愛美は、ともかちゃんの横顔を見ていた。ともかちゃんの横顔は頬だけが、金色に光っていた。窓からの光にうぶ毛が光っているのだ。

(ともかちゃん、かっこいいな)

と思った。

ともかちゃんは、先生に『わたしが、お金もってきたの』と言った。嘘《うそ》をつかなかった。愛美のことをかばってくれた。先生に呼ばれて、机の横に立たされて、それでもちゃんとほんとうのことを言った。

かっこいいなと思う。ともかちゃんて本物だなって思う。それから、ともかちゃんのこと好きだなとも思った。

楽くんを見た時みたいに、さわってみたいとか話しかけられてどきどきするのとはちがうけど、ともかちゃんのこと好きだ。

『楽くん、わたし、きょう、大発見《だいはっけん》しました。好きということです。好きっていろんな好きがあるのです。楽くんは、馬が好きですよね。タイガースも好きですか。他に、どんな好きを知っていますか。

楽くん、わたしは……』

「折田さん」

先生の声がした。頭の中でラブレターの文が消えた。

「なに、ぼうっとしてるの。先生の言うこと聞いてるの？　いいですか、今度から、学校の帰りに寄り道したりしたらだめよ。特《とく》に、『お花ばたけ』は、いろんなものを売ってて、お金、ついつい使っちゃうようなお店でしょう。よく考えるのよ。もう五年生なんだからね。それで、何を買ったの。お勉強道具？」

「レターセットです」

ともかちゃんが答えた。小さいけれどはっきりした声だった。

「レターセットって……誰かに手紙を書くの？」

先生の目が愛美を見た。愛美は、はいと返事をした。先生は、うーんと唸《うな》って、眉を寄せて、怖い顔をした。

「あのね、今、クラスの女子の中でお手紙のやりとりがはやってること、先生も気がついていました。あれは、お友だち同士でやりとりするの？　男の子に手紙書いたりもするの？」

ともかちゃんが黙る。愛美も黙る。

「答えられないの？　二人とも―」

先生の机の上で、ガラスの花びんがキラッと輝《かがや》いた。透明なようで、薄い緑の色をしていた。緑の光がきれいだった。

「あっ」

「なに、折田さん？」

「先生、この花びんに似たの、『お花ばたけ』にもありました」

覚《おぼ》えている。入ってすぐの右の棚に、いろんな花びんが飾ってあった。ライトの光があたるようになっていて、ピンクだの黄色だのに輝いていた。きれいだったから、よく覚えている。

「同じような花びんあったよね、ともかちゃん。きれいだったもの。お誕生日にほしいなって思ったの」

愛美が、ね、ってともかちゃんに言うと、ともかちゃんは口をローマ字のOという形に開けて、うなずいた。

「先生も、『お花ばたけ』で買ったの。いいなぁ」

大人っていいなあ。好きなものが好きな時に、買えるんだもの。

ともかちゃんが一つ、咳《せき》をした。先生が「折田さん」とため息を吐くみたいに、ふにゃふにゃした声をだした。

「先生も、お誕生日のプレゼントにもらったのよ……先生の子どもからね。とても嬉しくて気に入ったから、もってきたの。机の上に花を飾りたくてね」

「あじさいもきれい」

先生は、あじさいの花を人差《ひとさ》し指でつついた。花が揺れた。チャイムが鳴った。

「後一五分で、朝の会が始まります。みんな、教室に入りましょう。廊下は走らないようにしましょう」

朝の放送が始まった。静《しず》かな音楽が流れる。

「もういいわ。教室に入りなさい。二人とも、これからは気をつけるのよ。今度、こんなことあったら、おうちの人に話をしないといけないからね……そういうの先生も嫌だし。わかったわね」

先生は、また、ふにゃふにゃした言い方をした。

職員室を出る。音楽が変わった。テンポの早いピアノ曲。急《せ》かされるみたいに、階《かい》段《だん》をのぼる。五年、六年の教室は三階だ。二階のところで、愛美は立ち止まった。ともかちゃんを見る。目が合った。

ともかちゃん、かっこよかったよ。

そう言おうとして、息を整えた。ともかちゃんの手が、愛美の背中をたたいた。パチンて音がするくらい強かった。

「愛美ちゃん、かっこいい」

「へ？　あたしが、なんで？」

「なんでって、先生にあんなこと言えるんだもの、かっこいいよ」

「あんなことって？」

「花びんのこと。怒られてるのにさ、言えるんだもの。あたし、感心しちゃった。愛美ちゃん、かっこいいって思ったよ」

「えっ、えっ、そうかな。思ったこと言っただけだよ」

「かっこよかったよ。絶対、むちゃくちゃ、一〇〇パーセントかっこよかった。なんか、おもしろくてかっこよかったよ」

ともかちゃんが、本気で誉《ほ》めてくれているとわかったから、嬉しかった。ほんとに自分がかっこいいような気がした。

ともかちゃんは、ワンピースのポケットから、水色の封筒を取り出した。水玉のヤドカリのやつだ。真《ま》ん中に、ピンクのマーカーで、木戸直希《なおき》くんへと書いてある。字の周りを細い白い線で、丁寧に囲《かこ》っているので、木戸直希くんがうきでて見えた。隅には、ともかちゃんのプリクラが貼《は》ってあった。

「あっ、ともかちゃん、書いたんだ」

「うん、今日、渡すの。ちょっとどきどき。このプリクラ、変に見えないよね」

「うん」

「よかった。愛美ちゃんは、書いた？」

「まだ、途中《とちゅう》。明日は渡せるといいけど」

誰に書いたのと、聞かれるかなと思ったけど、ともかちゃんは聞かなかった。ポケットにラブレターをしまうと、

「いっぱい書くんだね」

とだけ言った。

6　「風の歌」

　帰りの会の時、先生が、「風の歌」を配《くば》った。「風の歌」は、学級通信《がっきゅうつうしん》の名前だ。週に二回ぐらい配られる。いつもは、みんなの日記とか作文の一部が載ったり、こんないいことがありましたって先生が学級の様子《ようす》を書いてたりする。

「風はいろんな歌を歌います。みんなの楽しかったり嬉しかったりしたことを風の歌のように、いろいろと載せましょうね」

　と一学期の最初に先生が言った。

　いい題だなと思った。愛美も、岩瀬さんとこのフランに噛みつかれそうになったことを書いた作文と、庭にきた蝶々《ちょうちょう》のことを書いた日記が載った。給食の牛乳《ぎゅうにゅう》びんを係でもないのに、ちゃんと揃《そろ》えていたと「こんないいこと」のコーナーに載った。隣の学級みたいに、衛生検査《えいせいけんさ》の結果とか漢字テストの範囲《はんい》とか、載らないので好きだ。

「風の歌」は、いい学級通信だなと思っていた。でも、今度の「風の歌」は、嫌だった。

「生活《せいかつ》で注意すること」と、大きな字で書いてあった。

暑《あつ》くなったので、衛生に注意！

交通事故《こうつうじこ》に注意！

むだな買い物に注意！

と、びっくりマークつきで並んでいた。

「むだな買い物というのは、実《じつ》は、今日、六年生から教えてもらったのですが、学校の帰りに『お花ばたけ』で買い物をして帰った人がいます」

ともかちゃんのほうを見る。ともかちゃんの目もちらっと動いて、愛美を見た。

「ほんとは『風の歌』にこんなことは載せたくなかったけど、このごろ、このクラスの中でも、ずいぶんいらない、勉強に必要のないものをもってくる人がふえましたね。落とし物も相変わらず多いです。みんな、ものを大切《たいせつ》にする気持ちが……」

先生の声が、頭の中を過ぎていく。頭の中に何も残《のこ》さないですするすると流れていく。先生が自分たちのことを注意しているとは、もちろんわかっていたけど、なんだか関係ないことのように感じた。

「友だちにお金を借《か》りてまで、いらないものを買うようなことになったら困ります。借金《しゃっきん》ですからね。おとなの世界《せかい》で借金といったらたいへんなことで」

ともかちゃんにお金を借りてまで買ったあの馬のレターセットは、絶対、無駄なものじゃなかった。ともかちゃんが誘って、お金を貸してくれたから、楽くんにラブレターが書けるのだ。ともかちゃんから借りた六三〇円は、とても大事《だいじ》な必要なお金だった。

うんと、心の中で一人《ひとり》、頷く。今、先生に、

「折田さん、無駄なお金を使いましたね」

と聞かれたら、

「いいえ、使っていません」

て、はっきり答えられる。愛美は、首と背中の筋をきゅっと伸ばした。あごをあげて、まっすぐに直人くんやママを見ていたおねえちゃんを思い出した。今朝のともかちゃんを思い出した。

愛美は先生を見た。先生は、愛美を見ていなかった。教室の中をくるっと見回して、

「それから、今、女子の間でお手紙のやりとりがはやっているようですが、そのために、やたら高い便せんや封筒を買ったりしないように、気をつけてください。学校は郵便局《ゆうびんきょく》ではありません。手紙や物を交換する場所では、ありません。絶対、ちがいます」

と声を大きくした。

「そんなことしてるの女子だけだよなあ」

木戸くんが背伸びしながら、めんどくさそうな言い方をした。

「そうだよ。女子なんか、すぐきゃあきゃあ騒ぐんだよなあ。どの子にどんな手紙を渡すなんて騒いで、うるせえよなぁ」

細田《ほそだ》くんが、続ける。

「なによ、自分がもらえないから、悔しいんだ」

里恵《りえ》ちゃんが、細田くんのほうをあごでしゃくった。

「なんだと」

「先生、女子のことばっかり悪く言うけどちがうよ。男子だって、ゲームのソフトもってきたり、マンガもってきたりします」

里恵ちゃんの隣の和美《かずみ》ちゃんが手をあげて言った。

「そうだよ、男子のほうがひどいよ」

里恵ちゃんの言葉に何人かの女子が拍手《はくしゅ》した。

細田くんの顔が赤くなる。里恵ちゃんを睨む。里恵ちゃんがつんとする。男子が
「女子ってサイテー」と声を合わせる。

教室の雰囲気《ふんいき》がちくちく痛《いた》い。みんなが口々に嫌いだ、嫌いだと言い合っているよ
うだ。楽くんを見る。楽くんは、ほおづえをついて、首をかしげていた。何かを一生
懸命考えているように見えた。先生が大きな長いため息を吐く。

「ほんとに、みんながそんなに、いろんな物、もってきてるんだったら、一度、持ち
物検査しないといけないかしらね」

「えー、そんなん、嫌だよ」

木戸くんが、イスをがたんと鳴らした。

「そうだよ。先生、持ち物検査なんか、ちょうサイテー」

里恵ちゃんもイスを鳴らした。

「先生だって嫌ですよ。じゃ、みんな、一人一人がちゃんと気をつけてちょうだい。

自分たちでちゃんと考えて、必要ない物をもってこないようにしましょう。ね、ゲームソフトやお手紙やマンガや、そんな物、もってきたらだめです。ちょっと考えたらわかるよね」

教室の中がしんと静まった。カーテンが風に揺れて、さらっと鳴った。

「先生」

楽くんが手をあげた。

「はい、篠田くん。なんですか」

「あのう、国語で習《なろ》うたやないですか。『いろいろな文章《ぶんしょう》』のとこで。手紙の書き方みたいなの」

「え？　あ、ええ。習《なら》いましたね。四月の終わりごろね」

「その時、先生、いろんな手紙読んでくれたやないですか。有名な作家とか音楽家の人の手紙。えっと、あれ、むちゃおもしろかったです」

先生の目が瞬きする。

「篠田くん、それ、今関係あること？」

楽くんは、うーんと首をかたむけた。

「よう、わからへんけど関係あると思う」

愛美は右手で胸を押さえた。手のひらに心臓の動きが伝わる。耳の奥が痛かった。楽くんの言うことを聞こうとして、耳が緊張《きんちょう》しているのだと思った。

「手紙っておもしろいよって先生、言うたやろ。電話みたいにすぐ、返事せんかてええし、ゆっくり自分のこと、自分の心のこと考えて書けるって。そやから、すぐれた電話というのはないけど、すぐれた文章の手紙は、いっぱい残ってるって」

風が吹いて、また、カーテンがさらさらっと鳴った。楽くんの声が耳に響いてくる。

「えーと、だから、ぼくもおもしろい手紙が書けたり、もらえたりしたらええなあって思うんです。もらった手紙が、すごくいい手紙で、書いた人が大人になって、有名人になって、あの、その手紙が国語の教科書に載ったり、本になったりしたら、めちゃええなあとか思うけどな……あの、だから、先生が手紙の交換したらあかんて言うの困るなて……せっかく、手紙もらえるチャンスが少なくなるし」

消しゴムが飛んできて、楽くんの頭にあたった。

「楽は、もういっぱいもらったんだろうが。よくばり」

細田くんだった。

「えーそんなことあらへん。これから、わっ最高《さいこう》って感じの手紙、もらえるかなって期待《きたい》してたのに。募集中《ぼしゅうちゅう》やったのにな」

笑い声が教室に広がった。みんなの声に煽《あお》られるようにカーテンがひらひら揺れる。

「あの、篠田くんもみんなも誤解《ごかい》しないでね。先生はお手紙書くのは、大賛成《だいさんせい》なのよ。だって、とってもいいことなんだもの。だけどそのことと、高価《こうか》な便せんや封筒を買ったり、学校にもってくることとはちがうでしょ。遊びで手紙書いたりしないで、お母さんとかお父さんとか、遠くの親戚《しんせき》の人とかに書いてもいいでしょ」

「友だちに書くのが、一番、おもしろい」

ともかちゃんが言った。座ったまま、背中だけぴんと伸ばして言った。ひざの上で、両手をグゥの形に握っていた。

「友だちにいろんな便せんで書いたり、マーカーでイラスト描いて出したりするのがおもしろいです。お母さんやおばあちゃんに出しても、全然おもしろくないです」

一息にそう言って、ともかちゃんは息を吐いた。先生も息を吐く。

「みんなは、どうなのかな？」

「関係ないよ。手紙なんか」

愛美の後ろで大きな声がした。たぶん、林原《はやしばら》くんだ。

「でも、ともかちゃんの言うことあたってる。おとなの人の手紙って、全然おもしろくないよ。絶対、勉強がんばれとか書いてるんだもん。友だちとの手紙のほうがおもしろいよね」

これは、香絵《かえ》ちゃんの声だ。先生は、またため息を吐く。それから、ゆっくり教室を見回した。今度は愛美と目が合う。先生の視線《しせん》が逸れる前に、愛美は立ち上がった。イスが大きく音を立てる。机が前に動いた。

「愛美ちゃん、そんなにあわてなくとも」

里恵ちゃんがくすっと笑う。

「折田さん、何か？」

「はい」

声が変に高くなる。

「あの、わっ、わたしは手紙、書くの好きです。あ、おもしろいなと思って……すごくおもしろいです。あの、おもしろくて、あの楽しい手紙を書きたいです。あの、だから、えっと……」

言葉が出てこない。楽くんへの手紙を書いてる時のどきどきをどう言えばいいだろう。あんなに、楽しくてどきどきすることが、悪いことであるはずがない。「いけません」とか「だめです」とか言われてしまうようなことじゃない。

どう言えばいいのだろう。言いたいことは、いっぱいあるのに言えない。身体が火照《ほて》った。

「愛美ちゃん、もう座りなよ」

里恵《りえ》ちゃんが囁いた。座る。愛美が座るのを待っていたように、クラス委員《いいん》の前原《まえはら》さんが立ち上がった。

「先生。だから、手紙を書くのはいいんでしょ。学校にいろいろもってこなかったらいいんでしょ。これから、みんな気をつけると思います」

よく響《ひび》く声だった。前原さんてすごいなと思った。

「だから、持ち物検査するみたいなこと言わないでほしいです。そんなこと、すごく気分が悪いです。最低《さいてい》」

前原さんは、先生をまっすぐ見て、そう付け加えた。先生の頬が赤くなった。それから、

「そうね。前原さんの言うとおりです。みんなも気をつけてちょうだい。それから、

いい手紙というものは……たぶん詩《し》とか小説《しょうせつ》とかもそうなんでしょうが、おもしろ半分に書いて、書けるものではありません。ほんとうに書きたい人に書く時の思いから生まれるものだと思います。絶対に書けません。ほんとうに、このことを伝えたいという、一生懸命な気持ちから、人の心を動かす文ができるんです。そのことを忘れないでね。いいかげんに書いた手紙は他人を傷つけることもあります……ともかく、学校での手紙のやりとりやよけいな物をもってくること、禁止《きんし》します。じゃこの件《けん》は、これでおしまい。帰りの会を終わりにします」

そこまで言って先生は、不意に、笑顔になった。

「明日、計算ドリルの宿題忘れが一人もいなかったら、宿題なしの日にしましょうね」

と続けた。何人かが拍手した。先生が出ていって、教室がざわつく。

「明日、宿題忘れるなよ」とか「塾の時間だ」とか笑う声とか、足音とかで教室がいっぱいになる。

愛美は、ともかちゃんのところに行った。ともかちゃんの顔がちょっと疲れて見えたからだ。

「ともかちゃん、今日は一日、どきどきしっぱなしだったね」

「うん。どきどき。でも愛美ちゃん、どきどきするのっておもしろいよね。『お花ばたけ』で、レターセット選ぶのもどきどきしたし、手紙書く時もどきどきしたし、手紙渡すぞって思うだけでもどきどきするし……でも、どきどきすることって、たいていいけないって言われるんだよね、すぐ禁止されちゃうの。どうしてだろうね。なんか、やだなあ」

ともかちゃんは、窓から外を見た。空を見た。ほんとに疲れた顔だった。

「あの、あのねともかちゃん、どきどきするのっていいと思うよ。いろんなどきどきがあるもの。いいどきどきも悪いどきどきもあるんだよ。わたしたちって、いいどきどきしてると思うけど……あの、あのね。ともかちゃん、あの」

また、うまく言えない。でも、わかってる。いいどきどきは、心臓が苦《くる》しいけど、胸の中が温かくなる。

たとえば、楽くんの笑った顔を見た時、話ができた時、それにたぶん、キスする時なんか、いいどきどきで息が詰まるみたいになるんだ。その後、温かくなって、がんばるぞ、ファイトだって気分になるんだ。きっとそうだ。

「愛美ちゃん」

ともかちゃんが、うぶ毛をきらきらさせてにこっとした。

その時、木戸くんが愛美とともかちゃんの前に立って、にっとへんな笑い方をした。

「おれ、知ってるぞ。さっきの先生の話、折田と相原のことだろ」

教室が、ほんの一瞬《いっしゅん》、静かになる。

「六年生が話してたもんな。わざわざ、教室覗きにきてたぞ。学校の帰りに買い物して、いっぱい買い込んだって。お金、ぱっぱか、使っちゃって、すごいよー」

最後《さいご》のすごいよーのところで、木戸くんは変な高い声を出した。みんなが笑った。

「お金持ちはいいよなぁ。相原も折田もいいけど、いけない子だぞぉ。今朝も、先生に怒られて職員室、呼ばれただろう。それで、こんな問題《もんだい》になったんだぞぉ。みんなに迷惑かけて、いけませんねえ。反省《はんせい》しなさあい」

木戸くんは、調子に乗ってるみたいだ。愛美は、口の中のつばを飲み込んだ。

木戸直希くんへ。ともかちゃんの書いたピンクの字がちらちらした。

「やめなさいよ、木戸くん」

愛美は、小さな声で言った。もう一度、つばを飲み込んでもう一度、もっと大きな

声で、

「やめなさいよ」

と、言った。木戸くんが、真面目な顔になる。口を尖らせた。

「ほんとうのことだろう。六年生が言ってた……」

「六年生なんて関係ないでしょ。関係ないのに」

ガタンと音がした。ともかちゃんが立ち上がったのだ。

「もう、いいよ、愛美ちゃん。あたし、帰る」

ともかちゃんは、唇をきゅっと嚙み締めた。それから、おおまたで出口のところまで歩いた。そこで、振り返って、木戸くんを睨んだ。大きな目だった。

「ばか木戸」

すいかの種《たね》を吐き出すみたいに、口をすぼめて、ともかちゃんは言った。ともかちゃんの手は、ワンピースのポケットに入っていた。まだ渡していないヤドカリのラブレターを摑《つか》んでいるのだ。

ともかちゃんは駆け出した。木戸くんが口笛を吹く。

「怖ぁ。なに、相原って、ちょう怖いなぁ。中学入ったら、絶対ヤンキーねえちゃんだな」

愛美は、ともかちゃんの足音を聞いていた。遠ざかってすぐに、聞こえなくなってしまった。追い掛けようかと思った。でも、やめた。追い掛けたら、ともかちゃん泣いちゃうかもしれないと気がついたからだ。ともかちゃんは、他人に泣き顔を見られたくないだろう。

愛美は、木戸くんのほうを向いた。

「なんだよ」

「木戸くんて」

愛美は、なんだか悲《かな》しくなった。

「なんか木戸くんて、ほんとうに……ひどいね」

木戸くんの顔が赤くなる。まゆげがぴくっと動いた。

「なんだよ。なんだよ。なんだよ。ほんとのこと言っただけだろ。嘘じゃないだろ。どこが、ひ、ひどいんだよ」

「全部、ひどいよ。嘘言わなくたって、ひどいよ。木戸くんが、そんな、ひどいこと言うなんて思わなかったもの」

怒鳴ったわけでは、ない。睨みつけたわけでもなかった。ゆっくりと小さな声で、木戸くんをじっと見て、思ったことを口にしたのだ。

でも、木戸くんは、真っ赤《まっか》になった。熱が三九度くらいあるみたいな顔になった。目が潤んでいた。

「なんだよ、なんだよ……」

木戸くんは、カバンを掴むとすごい勢いで、教室を飛び出した。

「おい、木戸」

楽くんが叫んだ。楽くんが、大きく息を吐く音が聞こえた。そして、楽くんが振り向いた。

「折田って、えらい、きついなぁ」

一瞬、何を言われたか、わからなかった。

「え？」

「むちゃくちゃ、きついやん。あんなん言われたら、木戸もかなわんわ」

頬が熱くなる。さっきの木戸くんみたいに、顔が赤くなっているのだろうか。

「どうして……わたし、怒鳴ったわけじゃないもの。ただ……木戸くんが……あの」

「怒鳴らなくたって、きついやん。折田の言い方、迫力《はくりょく》ありすぎや」

「だって、ひどいの木戸くんだもの。先にからかったりして……それ、木戸くんが悪いでしょ」

「悪うても悪うなくても、きついよ。あんなふうに言われたら、なんや、木戸、かわいそうやん」

じゃ、ともかちゃんは、かわいそうじゃないの。楽くんなんて知らないくせに、なんにも知らないくせに。ともかちゃん、ピンクのマーカーで、すごい丁寧な字で木戸直希くんへと書いたんだから。木戸くんにラブレター書こうと思って、「お花ばたけ」に寄ったんだから。

楽くんに、腹が立つ。なんにも知らない楽くんが、いつもの楽くんとちがうように感じる。

「わたし……きつくてもいい」

「え？」

「わたし、あんな言い方しかできないもの」

楽くんは黙っていた。風が吹き込んで楽くんの髪が動く。茶色っぽいきれいな髪の毛。さわってみたいと思っていた髪の毛だ。

手を伸ばしたら届くところに、楽くんは立っている。すぐ側に立っているのに、こんなことしか言えないなんて……ごめんなさいって言えばいいのかもしれない。木戸くんに悪いことしちゃったかなって、考えるふりでもすればいいのかもしれない。

愛美は、息を吸い込んだ。こぶしをきゅっと握ったら、手のひらに汗をかいていた。

「まっ、ええわ。おれ、帰るわ」

楽くんが、ランドセルをしょった。

「んじゃ、さいならぁ」

楽くんが出ていく。

「なんか、この班、ばらばらって感じだね。明日からどうなるのかな」

里恵ちゃんが、愛美の腕をひっぱった。

明日？ ほんとうに、どうなるんだろう。

そう言葉にしたら涙《なみだ》が出そうで、愛美は、こぶしを握ったまま何も言わずに立っていた。

7　ファイト

家に帰ると、卵焼きの匂いがした。

「おっ妹、お帰り」

「おねえちゃん……早いね」

「そっ、なんか料理《りょうり》に目覚めちゃってさ。はりきってんのよ」

「ママは？」

「なんかね、買い物に行っちゃったよ。娘が、せっかく夕食、作ってやるっていうのにさ。愛美、味見《あじみ》する？」

おねえちゃんが、卵焼きのお皿を差し出した。とろりとした汁《しる》がかかっている。

「なにこれ？」

「卵焼きのあんかけ。ケチャップソースをかけたのもあるよ。ころもつけて、てんぷらふうにしても、いいかもね」

ママがあわてて買い物に行ったわけが、わかった。

おねえちゃんて、おもしろいなと思ったけど、笑《わら》えなかった。胸の中にぶよぶよの熱い塊があって、重たかった。

「直人くん、卵焼き、上手なんだって」

「そりゃそうだよ。プロ目指してるんだもの。愛美、食べなよ。なに？　なに、深刻な顔してるの？」

「おねえちゃん」

「はい」

「おねえちゃん、直人くんとケンカなんかしない？」

「するよ」

「たくさん、する？」

「うん、しょっちゅうする」

「でも、なかなおりするの？　どっちが、あやまるの？」

「どっちかだよ」

おねえちゃんは、ケチャップソースかけ卵焼きの側にレタスを飾った。愛美は、ため息を吐いた。そうしないと、胸の中の塊がどんどん、大きくなる気がした。

「愛美、なにオバンしてるの」

おねえちゃんが、イスに座る。茶化した言い方だったけど、顔は笑っていなかった。

おねえちゃんに話してみようかな。全部、話したらすっきりするかな。

おねえちゃんなら聞いてくれるだろう。慰めてくれるかもしれない。楽くんも木戸くんもひどいねって言ってくれるかもしれない。おねえちゃんなら……、ともかちゃんは、どうだろう。

愛美は、ともかちゃんのことを考えた。

ともかちゃんには、たしか「花の子保育園《ほいくえん》」に通っている弟しかいなかったはずだ。

「おかあさんが、仕事《しごと》忙しい時、わたしがお迎えするんだよ」って、言ってた。だとしたら、今日のこと、ともかちゃん、誰に話するんだろう。お母さん？　おこづかいくれたおばあちゃん？

きっと、ともかちゃんは、誰にも話さないんだ。

「木戸くんたら、ひどいんだよぉ」なんて、誰にも言わないんだ。

ほっぺたがひやっとした。おねえちゃんが、ウーロン茶の缶を頬に押し付けてきたのだ。

「しゃんとした?」

おねえちゃんが笑う。愛美も笑い返した。笑うことができた。

「愛美、ファイト」

「じゃあキスして」

「えっ」

「ファイトの出るキス」

「OK《オーケイ》。すてきなキスをあげましょう」

おねえちゃんの腕が伸びてくる。背をかがめて、愛美は逃げた。

「冗談。おねえちゃんにキスしてもらっても、ファイトなんか出ないよーだ」

階段を駆け上がる。

「愛美、卵焼き」

おねえちゃんの声が追い掛けてくる。

部屋に入って、深呼吸を一つして、愛美は、引き出しから便せんを取り出した。

『楽くんへ』と書く。心がざわっとした。

楽くんに書きたい。この白い馬の便せんにわたしのこと書いて、楽くんに読んでもらいたい。

胸の上をとんとんとたたく。

『楽くんへ。きょうは、変なことになりました。

わたしの言い方、そんなにきつかったかなって、今、かんがえています。よく、わかりません。楽くんは、わたしのどこらへんがきついと思いましたか。わからないので、教えてください。木戸くん、かわいそうだったですか。わたしは、よくわかりません。わたしは、楽くんに「きついな」って言われたので、きつかったです。木戸くんは、わたしにひどいねって言われたから、きつかったのでしょうか。そしたら、やっぱり、わたしは、きついことを言ったのですね。でも、木戸くんがともかちゃんにひどいことを言ったとわたしは思ったのです。今も思っています。明日、ともかちゃんと話がしたいです。なぐさめるとかじゃなくて。わたしが思ったことを話します。

木戸くんとも楽くんとも話ができたらうれしいです。でも、なんかむつかしいですね。里恵ちゃんが心配《しんぱい》してたけど、班の中でつんつんしたり、ムシしたりしたくないです。

わたしは、楽くんにムシされたりしたくないです』

胸の中で、もやもやとしたものが、少し消えていく。愛美は一人頷きながら手紙を書いていった。

おねえちゃんに、話を聞いてもらうんじゃなくて、楽くんに手紙を書くことで、もやもやが少し消えていく。全部は消えない。きっと、明日、ともかちゃんに会って顔を見るまで、もやもや全部は消えない。でも楽くんとのもやもやは、楽くんへの手紙に全部、書いてしまえばいいんだ。それが、きっと一番いいんだ。

『楽くん、わたしはサニーブライアンみたいに、かっこよくなりたいです。二四〇〇を堂々と走る馬みたいにです。

でも、今、思い出しました。外国の映画《えいが》に野生の馬の群れが出ていました。それは、毛がぼさぼさしてたし、足も短かったけど、草原を走っていました。その馬もすごくかっこよかったです。

わたしは、競馬場《じょう》で走る馬より、そっちの馬のほうが好きかもしれません。ビデオにとってたはずですから、こんど、楽くんにも見せてあげます。

楽くん、もうすぐ、夜がきます。もうすぐ、プールびらきがありますね。あしたも晴れるといいですね。

楽くん、わたしは、楽くんが好きです。

折田愛美』

篠田楽くんへ

朝、いつもより早めに家を出た。おねえちゃんもいっしょだった。おねえちゃんは、今日はポニーテールだ。直人くんに買ってもらったブラウスを着て、袖口の折り返しに合わせて、青いリボンをしていた。

バス停に、直人くんが立っていた。

「おねえちゃん」

今日も会えてよかったね、と心の中で続ける。声に出さなかったのに、おねえちゃんは愛美の顔を見て、にっと笑った。

「おっ、小学生ファイト」

直人くんがVサインを出す。

「高校生もファイト、それと、卵焼きだよ」

直人くんの人差し指と親指が○をつくった。

愛美は、ランドセルの紐を握って、走りだした。

走る。ほんとに今日は、ファイトを出さなきゃいけない。

走る。四つ角のところ、パン屋さんの前まで走る。ここで、待ってれば楽くんに会えるはずだ。

手さげの中から、手紙を取り出す。初めて書いたラブレターだった。封筒の上に、篠田楽さまと書いた。それだけでは淋《さび》しかったから、切手を貼るかわりに、色鉛筆であじさいを描いた。はっぱに小さなかたつむりが乗っている。

封筒の下には、金色のふちどりの白い馬が走っていた。

楽くん、受け取ってくれるかな。

昨日のこと、怒ってるかもしれない。折田ってきついやつと思ってるかもしれない。深呼吸する。二回する。パンの焼けるいい匂いがした。それと緑の匂いがした。見上げると、街路樹《がいろじゅ》の葉が風に揺れていた。

もう一度、深呼吸する。

楽くんが見えた。白いTシャツとジーンズ系《けい》の半ズボン。

「あれ。折田やないか。おはよう」

光の中で、楽くんが手をあげる。街路樹の葉をつきぬけてくる光のせいで、Tシャツが薄い緑に染《そ》まっている。

「えらい早いな」

「楽くんも、早いね」

「おれ、宿題するの忘れてん。はよ、学校行ってやらなあかんのや。計算ドリルの二〇ページやったよな」

「あっ」

「は？」

「忘れてた」

「宿題？」

「うん、忘れてた。『森にすむ生物』の漢字調《しら》べもあったんだよ」

「げげ、最悪《さいあく》やん。けど、折田が宿題、忘れるなんて珍しいな」

手紙に夢中《むちゅう》だった。宿題のことなんて、どこかに飛んでしまってた。

「楽くん、あの、これ」

「え……おれに？」

心臓がどくんと鳴った。耳の奥から音が飛び出してきそうだ。でも、渡す。

封筒が楽くんに渡った。緑の光の中で、楽くんが見ている。

「折田、これ、もしかして……」

「うん。えっ……あのね」

「決闘状《けっとうじょう》とかいうのと、ちゃうやろな」

「はっ？　いや、まさか……あの手紙、手紙だよ」

「あっよかった。おれ、ケンカむちゃ弱《よわ》いねん」

楽くんは笑い、そっと封筒をなでた。胸があんまりどきどきするので、愛美は下を向いて息を吸った。

「これ、あの、ただでくれんの？」

顔をあげる。楽くんと目が合った。真面目な顔をしていた。楽くんは誤解している。

「あの、あのね、ちがうの。これただの手紙なの。ダービーの券《けん》とかじゃなくて、手紙なの」

「あたりまえやん。小学生が馬券もってたらえらいことやで。それにダービー終わったやろ。次は、安田記念《やすだきねん》や」

楽くんの手がもう一度、封筒をなでた。

「これ、決闘状とかじゃなくて、折田が書いてくれた手紙やろ。ほんものの手紙」

「うん」

「いたずらとかでもないんやろ」

「うん」

愛美の顔をまっすぐに見て、楽くんは笑った。馬の話をしている時のような笑顔だった。

「そんなら、ごっつうええもんやんか。ほんまに、ただでもろうてええの。なんや、すごい得《とく》した気分やな」

「うん」

なんだかおかしい。楽くんがおかしい。そして、すごく楽しい。

「あっ、おれ先に行くで。折田も走る?」

愛美は、首を横に振った。もう走らなくていいと思った。ゆっくりと学校まで歩きたい。

「じゃ先に行くわ」

「うん」

「あの、おれ返事、書くと思うけど……時間かかると思う」

「うん」

急がなくていい。まだ六月だもの。

「じゃあ」

楽くんが走りだす。薄い緑に染まった背中のうえでランドセルが揺れた。

愛美は歩きだす。後を追うように、葉っぱがさやさやと揺れた。

バスが横を通りすぎる。

おねえちゃんと直人くんの乗ったバスだ。

ファイト。

遠ざかるバスに、愛美は小さく手を振った。

少女に寄せて　あとがきにかえて

懐かしい少女たちに出会った。

遠子、千絵、愛美。

もう十年以上前に出会い、わたしがわたしの言葉をつむいで、命を吹き込もうとしていた少女たちだ。

ずっとわたしの中にいた。ある者はひっそりと佇《たたず》んで、ある者ははにかみながら、ずっとわたしの中にいた。

いつの間に、忘れていたのだろう。彼女たちを上手に忘れる術《すべ》をわたしは、いつか身につけて、したたかで抜け目のない一人前の大人になっていた。小賢《こざか》しくもなり、狡猾《こうかつ》にもなった。

自分をなだめるやり方も、他人をはぐらかすことも、しかたないさと諦める方法もそれなりに知ってしまった。穏やかになり、まるくなり、易々と従うことを受け入れて恥じなくなった。

そういうときに、懐かしい少女たちに出会った。

心、揺さぶられる思いがした。

少女とは激しい生き物だ。焔《ほむら》を内に抱え持つ。男のように滅びることに美を見出《みいだ》したりはしない。ただ、激しく、しかし地に足をつけて生きようとする。

そんな少女の凜々《りり》しさをなぜ、忘れていたのだろう。忘れていた自分と凜々しいままで息づく少女たちの間に横たわる距離の果てなさに唖然《あぜん》とする。

歳《とし》をとっちゃったな。

そう思う。思いながら、しかし、少女たちに揺さぶられる心がまだ、わたしにも残っていると、息をつく。

もう彼女たちのようには生きられない。ひたむきに自分に向かい合うことも、想いを一途に綴ることも、まっすぐに相手を求めることも、できない……のだろうか。

大人だから、歳を経てしまったから、もうできないよ、そんなこと。それって、世間を知らない子どもだからできることじゃないの。いいよね、若いって。何にも怖いものないんだから。

そんな戯言《ざれごと》をしたり顔に呟《つぶや》く大人になっても、かまわないのか、あなたは。

少女たちの声が聞こえるようだ。

そんな大人にはなりたくない。だとしたら、大人の肉体を持ちつつ、少女のように挑む。挑み続ける。それが、できるかどうか。繰り返し、自分を試すしかないだろう。繰り返し、繰り返し……。

少女たちの声をもう一度、聞いてみませんか。聞くことのできる耳をもっているかどうか、自分が挑む者であるかどうか、自分自身に問うてみませんか。密やかにそう言うがごとく、この二つの作品を、文庫という新たな形としてわたしの前に差し出してくださった幻冬舎編集部の篠原一朗さん、少女だけが持つ眼差《まなざ》しと笑みを鮮明に描ききってくれた佐藤真紀子さんに、儀礼でも紛《まが》い物でもない、本気の感謝と敬意を。

ありがとうございました。

あさの　あつこ

解説――あさのあつこは、「人と人の出会いとその困難さ」を指し示しつつ、「そう、でも出来るかも知れないね」と、くすっと笑いながら囁《ささや》いてくれる。

本田和子

「あっ、白い芙蓉のようだ」

あさのあつこは、『あかね色の風』の始まりに、こんな一行をおいた。主人公の遠子が、転校生の千絵と初めて出会う場面である。梅雨入りも近い六月の夕暮れどき、遠子の家のうす暗い玄関に立った千絵は、遠子と目が合ったとたん、にっこりとほほ笑んだのである。うす暗い玄関で、その笑顔は、ぼんやりと浮き上がって見えた。「あっ、白い芙蓉のようだ」これがそのときの遠子の感想だった。これまでに、他人の顔が花に見えたことなど、一度も、なかったというのに……。

あさのあつこを、作家として世に立たせたのは、言うまでもなく、数々の賛辞と賞に彩られた『バッテリー』である。作品世界を構成する少年群像、とりわけ、原田巧と名付けられた少年の存在感は、多くの読み手たちを圧倒し、その結果、この作品は、現代を代表する児童文学の位置に押し上げられたのである。そのゆえでもあろうか、あさのあつこが、類《たぐ》い希《まれ》な「少年の書き手」と評されることが多いのは……。

しかし、作家としての彼女は、「少女」を描くことから出発している。デビュー作とされる『ほたる館物語』で主人公に選ばれたのは、一子という温泉旅館の娘であった。『あかね色の風』（一九九四）も、少女たちの物語、月並みな言い方をすれば、小学校の六年生の二人の女の子の出会いと別れの物語だった。物語は、先に引いた「白い芙蓉」の一行から始まる。梅雨どきのうす暗がりに滲《にじ》むように浮き出る少女の笑顔に、思わず息を呑んで「白い芙蓉」を思い浮かべる遠子の感性は、友情というにまして恋を予感した者の想いにやや近い。そう、あさのあつこの場合、造形される者が「少年」たちであれ、あるいは「少女」の群れであっても、彼らを結び合わせるのは「友情」の地平よりも抜け出ていて、だからといって「恋心」というには真っすぐすぎて淡い、独特の「想い」であるように見える。とすれば、あさのあつこが描こうとするのは、少年とか少女という、あるいは男と女とか子どもと大人とかいう、制度的に定められた「属性の違い」を越えて、人と人が出会い引かれ合うそのときの細やかな心の震えと、それが深く心に刻印されるときの心の動きではないか。人が人と心を通わせ合うとは、そして、ともに心を動かされ合うとは、こんな瞬間だとでも言うかのように……。

もしかしたら、典型的で端正な児童文学らしい児童文学の書き手であり、斯界《しかい》に出現した新進の旗手として鮮やかな登場ぶりを瞠目された彼女が、相次いでミステリーや時代もの、あるいは一般向けの小説やエッセイと、多様な表現を駆使してその多才ぶりを謳われているのもこの所以《ゆえん》かも知れない。すなわち、描きたいのは人間であり、その人らしい生き方であって、「児童文学」とか「ヤングアダルト」、あるいは「一般向け小説」などという、制度的なジャンル区分はどうでもよい。彼女に描くことを促すのは、物語を生きるに値いする挑発的な「主人公」と、彼を巡る人間たちの魅力的な生き方ではないだろうか。そして、物語るためのまじりっけのない「言葉」が見つけだされ、そのための曇りのない「文体」が手に入れられたとき、物語は動き出すのである。

作品は、こうして、自ずから生まれ出て書き手の目を眩《まぶ》しく幻惑するらしいのだが、しかし、そんな幸運のなかで決して錯乱しないのが、作家「あさのあつこ」である。なぜなら、勢いに任せて強引にストーリーを展開させるのでなく、あくまでも目を逸《そ》らさずに起こりつつあることを凝視するその視線、そして、見出された言葉に短めに区切られた一節一節のなかに場所を与えていく筆の運びは、立ち現れた「めくるめくもの」に目を奪われるのでなく、むしろそれにひたと目を据えつつ、妥協なくその真っ芯までを見通そうとする探求心にあふれたもの、それでいて、時に背後からあふれ出すトリッキーな悪戯者《いたずら》の幻を見てくすりと笑う感性は、さながら「詩人」というにまして「科学者」のそれに似る。ただし、テクノロジーと結び付いた現代の先端科学ではなく、世界を見極めようとした古典科学者たちのそれ……。そのゆえでもあろうか、なにがなし、恋しく懐かしく、時に心をかきむしられるようでいながら、同時に清々《すがすが》しく爽やかでユーモラスでさえあるのは……。

『あかね色の風』に話題を戻すなら、主人公の遠子が初対面の千絵の笑顔に心をくすぐられたからといって、その後の二人は、いわゆる「女の子らしい」月並みな友情物語を繰り広げたのではなかった。むしろ、遠子は、それを避けて新入生に優しくと強要する母親の声にいらつきながら、こんなことを考えたりする。「仲良くしてと頼まれて、仲良くできるなら、そこらじゅう仲良しだらけになる」「仲良しなんて、簡単になれるもんじゃないよ」と……。それでいて、遠子は、帰っていく千絵の後ろ姿を見送り、「あの子、こっちを見上げるんじゃないかな」と思うのだった。しかし、うす闇のなかのピンクの傘の千絵は、振り返ることなく曲がり角の向こうに消える。「遠子は、首を伸ばして、もう少し遠くに目をやった。ガラスと雨と薄い闇を通して、山々がぼんやりと見える。この雨がやんだら、一気にふくれあがるだろう山々だ。この時期、雨が降るたび、山々の樹は伸び上がる。「葉を繁らせる」そう、今度また雨が降ったら、あるいは、雨が降り続いたら、遠子と千絵の二人のなかでふと動いた心が、のび上がり、葉を繁らせるかも知れない。

作者自身は、「遠子の不器用さと一途さが好き」「『バッテリー』の原田巧は、この遠子が原型である」と解説している。作品中の登場者たち、すなわち、脇役というよりも、今一人の主人公として振る舞う化石を愛する千絵や、お人よしでお節介で絵に描いたように月並みな遠子の母親や、化石を掘ることにしか生きている証しを見出せない千絵の父親など、配される人物はいずれも、それぞれに「脇としては異色」だったり、あるいはいかにも「脇らしく普通」だったりとよく描き分けられていて、その分、主人公遠子の魅力をくっきりと際立たせることに成功している。作者が「遠子が好き」と言い切り、私たちがそれに納得出来るのも、こうした作品作法の巧みさのゆえでもあろうか。

今度、出版されるこの文庫本のなかには、同じく初期作品から選ばれた『ラブ・レター』（一九九八）が収められることになった。この作品は、その題名の通り、気になり始めた男の子に、密かにラブレターを届けようとする物語。主人公の愛美は、コーヒーの匂いが好きな少女で、コーヒーの匂いは、バタートーストや目玉焼きとは交じり合わず、「わたしはコーヒーです」みたいな感じで、「まっすぐに鼻に届いてくる」し「しゃきっとしている」から好ましいのだと言う。そう、この主人公の愛美も、好きなコーヒーの匂いさながら、「まっすぐ」に「しゃきっと」読み手の所に届いてくる性格の持ち主であった。

そんな愛美が、たまたま隣同士になった楽という少年が気になり始める。笑顔が可愛いこと、彼の大阪弁がリズミカルで楽しいこと、髪の毛がサラッとしていて光があたると茶色っぽく光ること、そして、競馬が好きらしくダービーのことを話題にすること、などなど……。楽の髪の毛を見ただけで、心臓がどきっどきっと動き出す自分を持て余し、「あたしって、おかしいのかな」と戸惑う愛美に、ラブレターを書くことを勧めたのは友人のともかだった。色白の二重まぶたでまつげの長い、典型的な可愛らしい少女。彼女は、最近流行の異性相手に「ラブレターを書くこと」は、同性に出す「仲良しレター」よりもはるかに面白いと言う。その理由は「どきどきする」からだとか……。

こうして、愛美のラブレター書きが始まるのだが、なかなか渡されないその手紙には、日々、新しく起こる人と人の関係に関する疑問や、それに伴う心の動きが綴られていく。こうして、一行また一行と書き加えられる手紙文は、私たちに、「これが恋かしら」と「恋めいたもの」に首を傾《かし》げる少女の心の襞《ひだ》を、そっと覗き込む貴重な機会を与えてくれることになる。

作者自身は、この作品の解説のなかで、言葉を探しに探しながら一字ずつ綴っていく「書くという行為」は、口で話してしまうことにまして、「好きな人」に想いを告げる行為としてふさわしいと述べている。恐らく、作家としてのあさのあつこが、止《や》むことなく言葉を探し出し物語を生み出し続けるその行為は、自身の心に湧き起こる様々な想いを、「大好きな読者」と、そして何よりも「好きな自分」に対して、綴り続け書き残していくための掛け替えのない行為なのであろう。その意味で、若書きの感もあって、どちらかと言えば「特色を欠いたかに見える」この作品は、作家あさのあつこの信仰告白の一つと言えるかも知れない。文庫としての装いを与えられたことで、多くの読み手たちの心に、また、新しく何かが届けられるであろうことを期待している。

――児童文化、女性文化研究家・お茶の水女子大学前学長

この作品は一九九四年九月に刊行された『あかね色の風』と一九九八年九月に刊行された『ラブ・レター』（共に新日本出版）を一冊にまとめたものです。

幻冬舎文庫

●最新刊
眉山
さだまさし

母はなぜ自分に黙って献体を申し込んだのか？　母の命が尽きるとき、娘は故郷・徳島に戻り、毅然と生きてきた母の切なく苦しい愛を知る。『精霊流し』『解夏』に続く、感動の長篇小説。

●最新刊
世界は「使われなかった人生」であふれてる
沢木耕太郎

「使わなかった！」と意識したとき、初めて存在するもうひとつの人生。あのとき、別の決断を下していたら——。スクリーンに映し出される人生の機微を抑制の利いた筆致で描く全三十編の映画評。

●最新刊
雁の橋(上)(下)
澤田ふじ子

丹波・篠山藩の勘定奉行所に仕える父が謎の失脚をし、母妹とともに殺された理由とは何だったのか？　数奇な家運に翻弄される「運命の子」雅楽助の成長を描く、感動の長編時代小説。

●最新刊
海の時計(上)(下)
藤堂志津子

三十歳の水穂には三つ上の姉、離婚し恋に生きる母、そして共に暮らす祖母がいる。女四人家族の人間模様と恋愛観を、札幌の四季の流れにのせて描く大河小説。藤堂流感動人間ドラマの真骨頂！

●最新刊
爆笑問題の日本原論3　世界激動編
爆笑問題

9月11日の米同時多発テロが起きた瞬間は、世界中のコメディアンが口をつぐんだ瞬間でもあった。あの〝世界一笑えない事件〟を爆笑問題はどう語るのか？　太田光執筆の日本原論第三弾!!

あかね色《いろ》の風《かぜ》／ラブ・レター

あさのあつこ

平成19年4月10日　初版発行

発行者——見城 徹
発行所——株式会社幻冬舎
〒151-0051東京都渋谷区千駄ヶ谷4-9-7
電話　03(5411)6222(営業)
　　　03(5411)6211(編集)
　　振替00120-8-767643

印刷・製本—図書印刷株式会社
装丁者——高橋雅之

幻冬舎文庫

ISBN978-4-344-40933-0　C0193　　あ-28-1